かえたい二人

今丈ヒロ子

PHP

かえたい二人

● もくじ

装幀——城所潤(ジュン・キドコロ・デザイン)
絵——結布

1 ふつうデビューの日

「こんにちは。月方穂木《つきがたほき》です。今日から、どうぞよろしくお願いします」

わたしは、初めて会うクラスのみんな――室町《むろまち》中学二年三組の――にそう言って、軽く微笑《ほほえ》んで、頭を下げた。

頭をゆっくり下げながら目を閉《と》じて、ふはっと息を吐《は》き、ようやく長く息を吸《す》った。

(できた……。はっきり、かまずに言えた……。声も裏返《うらがえ》らなかったし、顔もひきつらずに、ちゃんと笑えた！　すごい！)

達成感でいっぱいだった。

こんな簡単《かんたん》な自己紹介《じこしょうかい》で達成感？　緊張《きんちょう》しすぎ？　それに自己《じこ》の紹介情報《しょうかいじょうほう》少なくない？

いやいやいや。これ、めっちゃ考えたあいさつだから。

転校してきて、一発めの発声。先生に振《ふ》られての自己紹介《じこしょうかい》って、その後の人生左右するような、大事なとこだから。

特にわたしには、この瞬間《しゅんかん》から、小学二年ぐらいからついてるあだ名「ヘンジンコ」（解説《かいせつ》：「変人ハウスに住んでる変人親子の子どものほう」の略《りゃく》「変人子《へんじんこ》」のこと）からの脱却《だっきゃく》と、前の中学では見事に失敗したキャラ変デビュー――そう、「ふつうの、ちょっとかわいい女の子」への変化――をとげるという大きな目的がある。

だから必死で、本当に必死で考えたあいさつなのだ。

どんなあいさつが理想かっていうと。

特徴的《とくちょうてき》なものがなく、よい意味で、特に印象に残らない。

まずはクラスのみんなに、「害がなさそう」「違和感《いわかん》がない」と思ってもらいたい。さらに、「この集団《しゅうだん》に入れるのに、恥《は》ずかしくない程度《ていど》の清潔感《せいけつかん》、明るさ」があると思ってもらえたら、よし。

「ふうん、ちょっとかわいいじゃん」だったらもう最高だけど、そこまで贅沢《ぜいたく》なことは望まない。

だから、制服《せいふく》のブラウスは真っ白に漂白《ひょうはく》して、ぴしーっと念入りにアイロンをかけた。

チェックのスカートのプリーツも、きれいにキープ。

そして、ネットで前もってこの室町《むろまち》中学のサイトをチェック。平均的《へいきんてき》な女子の服装《ふくそう》を調べてみた。

入学式などの式典ではブレザーを着ている子が多いが、ふだんはだいたいみんな、ブラウスの上にカーディガン、それにハイソックス。

黒カーディガンに黒ソックスは、きりっとしていてかっこいいけど、ちょっととんがった感じがするからやめた。

白カーディガンはかわいいし清潔感《せいけつかん》があって好感度が高いけど、汚《よご》れやすいし、取れないしみがついたら買《か》い替《か》えないといけない。これは家計に厳《きび》しいので、不採用《ふさいよう》。

ベージュっぽい淡《あわ》いピンクカーディガンを着ている子もいたが、ピンクでは過去《かこ》に痛《いた》い目にあっている。

前の中学でも、中学デビューでキャラ変を試みた。

「ヘンジンコ」は小学生でおしまい。もう中学生になったら、そんな子どもっぽいいじめに、みんな興味《きょうみ》なくなるよね？

そう信じて「かわいい女の子」を目指した。しかし、一般的《いっぱんてき》にかわいいというのがどういうものかよくわからなかったので、「ピンクの女の子らしいものを身に着けたらいいだろう」と安易《あんい》に考えたのが大間違《おおまちが》いだった。

大型スーパーに行き、セールワゴンをあさってピンクのシュシュ、ピンクのタオルハンカチ、ピンクのソックスなどに手を出したところ、

「うそ！　ヘンジンコが、ピンクだらけになってる！」

「頭に花が咲《さ》いた!?　だっさー！」

などと言われて、あだ名が「ピンジンコ」に進化してしまった。

反省すべき点はいくつもある。

じわじわと「ふつう」から目指せばよかったのに、いきなり「かわいい」なんていう無理めの高いところを目指してしまったこと。

ピンクのグッズならなんでもいいと思って、女子中学生の間ではやっているブランドなどに無関心すぎたこと。

あと、シュシュがでっかすぎて短めの髪《かみ》を無理やりまとめたら、確《たし》かに頭に花が咲《さ》いているような形態《けいたい》になったこともあるし……まあ、たくさんあった。

そういうわけで、ピンクはＮＧ。あれは自分をよほどかわいいと思っているだけでな

く、客観的に見てかわいくないと、手を出しちゃいけない色なのだ。

「ふつう」っぽい感じの子たちは、紺《こん》かグレーのカーディガンが一般的《いっぱんてき》な様子だったので、薄手《うすで》の紺《こん》のカーディガンにした。

ソックスも黒か紺《こん》かで迷《まよ》ったが、濃紺《のうこん》のハイソックスにした。

サブバッグは、一番難《むずか》しかった。

小学生のときはまったくなにも考えていなかったので、ランドセルに入りきらないものをたまたま家にあった、なにかの景品のバナナ色のエコバッグに入れたり、お父さんが出《しゅっ》版社《ぱんしゃ》からもらってきた、アニメやマンガのキャラクターのイラスト入りバッグなどを適当《てきとう》に使ったりしていた。

そこに、お母さんのお気に入りだった——こちらもよくわからない趣味《しゅみ》だと思う——毒々しいキノコをキャラ化した、ふわふわ素材《そざい》のキノコぬいぐるみストラップなんかをぶら下げていた。

もちろんそんな恐《おそ》ろしいものは、今回の選択肢《せんたくし》から除外《じょがい》。

これもネットで調べて、淡《あわ》いブルーに白い小さな花が散っている、「女子中学生に人気ブランド」の、アウトレット品を激安《げきやす》で購入《こうにゅう》したのだ。

ハンカチも、ペンケースも、ポーチも、同じようなブランドの無難《ぶなん》なデザインのものを選んで買った。ポーチに入れているポケットティッシュだって、街でもらってきたローン会社の広告入りのではない。

もったいなくて、よほど、ティッシュの中の広告だけ取り出して使おうかと思ったけど、「細部に神はやどるんだ！　細部、細かい設定《せってい》、小さな描写《びょうしゃ》がその世界を作るんだ！」というお父さんの言葉を思い出し、ドラッグストアで、名のあるメーカーのものを買った。

その分、今月の生活費から持ち出しになったけど、どうせお父さんは日々の出費の明細など見ないし、興味《きょうみ》も示さない。

来月にはお父さんの本が珍《めずら》しく重版《じゅうはん》になり、予定外の印税《いんぜい》が、あ、印税《いんぜい》って著作権《ちょさくけん》による収入のことね、お父さん、作家なんだよね、その印税《いんぜい》が振《ふ》りこまれるから、そのお金でやりくりするつもりだった。

そのほか、「さりげなく好印象な女子中学生の髪型《かみがた》」や、「初対面の人に好印象をもたれるあいさつ」「自然な笑顔《えがお》」なんかを検索《けんさく》して予習。

受け答えの練習などもして、今日に臨《のぞ》んだのだ。

——こんにちは。月方穂木《つきがたほき》です。今日から、どうぞよろしくお願いします。

このセリフだって、何度も練り直した結果なのだ。

あまりにもそっけない内容《ないよう》だと、印象がよくないかもしれない。

「趣味《しゅみ》は読書と映画鑑賞《えいがかんしょう》です」

ぐらいは入れようか？

いや、本や映画はどんなものが好きかとか、つっこんで聞かれたときにまずいかもしれない。

「ちょっと人見知りで、おしゃべりがうまくないんです。よかったら、話しかけてくださいね」

いや、こんな難易度《なんいど》の高いセリフを言えるくらいなら、人見知りじゃない。

「今日から、よろしくお願いします」では、早口になったら、ぶっきらぼうなイメージだから、「どうぞよろしくお願いします」にしたら、ちょっとていねいな感じだよね。「どうぞよろしくお願いいたします」だったら、ていねいすぎて浮《う》くかも。

その結果のこれ。「こんにちは。月方穂木《つきがたほき》です。今日から、どうぞよろしくお願いします」

(どうか、変人オーラが出てませんように！　ふつうの子だって思われますように！)

祈《いの》るような気持ちで、そおっと顔を上げた。

教室中の顔が、こっちを向いている。みんなの反応《はんのう》は……ふつうだった！

だれも、くすくす笑ったり、こそこそ聞こえよがしに悪口を言ったりしていない。

ただ、こっちを見ているだけだ。

興味《きょうみ》なさそうにそっぽを向いてるのは、なんだか大人っぽい感じの、高校生にしか見えない女子二人組。それと、いかにも勉強ができそうな、細長い顔のメガネの男子は、手元の本を見ている。

あとは、ふつう。

じーっと、こちらを見ているだけの人がほとんど。

興味《きょうみ》がないこともないけど、あとちょっと無難《ぶなん》な自己紹介《じこしょうかい》が続いたらたいくつしそうなぐらいの目つき。やや好意的に、うっすら微笑《ほほえ》んでくれている女子もいる。

わたしは、よしっ！と心の中でガッツポーズをした。

(いい！　いい！　この感じ！　無関心に近いけど、ちょこっとだけ興味《きょうみ》もあるかなってぐらいのこの反応《はんのう》！　これこれこれですよ！)

わたしは、口元がにやけすぎないように、くいっとひきしめた。

そのとき先生が言った。

「月方《つきがた》さんは、お父さんのお仕事の都合で、引《ひ》っ越《こ》してきたのよね」

「はい。このあたりのほうが父の仕事の都合がよいということと、祖母《そぼ》がこちらに住んでいるので、近くに住もうかということになって」

この「引《ひ》っ越《こ》し＆中途半端《ちゅうとはんぱ》な時期の転校の理由」も練習済《ず》みだ。

今言った理由もうそではない。

このあたりのほうが、前の家よりお父さんが取り引きしている出版社《しゅっぱんしゃ》がずいぶん近くて便利だし、腰《こし》の悪いおばあちゃんも一人暮《ぐ》らしだから、すぐそばに住んだほうが心配じゃない。

だが最大の理由はこれ以外にある。

今まで格安家賃《かくやすやちん》で住まわせてもらっていた一軒家《いっけんや》――庭に廃材《はいざい》を置きっぱなしのボロ家――から、突然《とつぜん》、大家さんに出て行ってくれと言われたのだ。

お父さんやあやしげな風貌《ふうぼう》のその仲間――作家やイラストレーターやフィギュア作家や翻訳家《ほんやくか》や評論家《ひょうろんか》、しかも全員マイナー――が昼夜問わず出入りするので近所から変人ハウスと言われ、うとまれていた……のが原因《げんいん》ではなかった。

大家さんはなぜかアーティスト（と名乗る人たち）に理解《りかい》があり、考えられないような安い家賃《やちん》にしてくれたのも、お父さんが一応《いちおう》、出版社《しゅっぱんしゃ》の寄稿家名簿《きこうかめいぼ》に名前が載《の》っている作家だったからだ。

家も古くて、放っておいたら荒《あ》れるばかりだし、DIYなんかも好きにしてくれていいとまで言ってくれていた。

いつもお父さんたちの話をおもしろがって聞いてくれて、優《やさ》しくて、陽気なおじいさんでわたしも大好きだった。

ところが大家さんは亡《な》くなってしまった。

お母さんが亡《な》くなったときは、わたしもすごく幼《おさな》かったから、あまり現実《げんじつ》がよくわかってなくて、そんなに傷《きず》ついたり悲しんだりした記憶《きおく》がない。

むしろ、ずっと近くにいてくれた大家さんが亡《な》くなったときのほうが、ショックだった。

大家さんのお葬式《そうしき》の翌日《よくじつ》。お父さんとその仲間で追悼《ついとう》の宴《うたげ》をやっているときに、長男だという、やけに顔色の悪いおじさんがやって来た。

土地評価額《ひょうかがく》がどうとか、相続税《そうぞくぜい》とか固定資産税《しさんぜい》とか、くどくどと説明してきた。ようは大人の事情《じじょう》で、土地を売りお金を作らないといけなくなったから、すぐにこの家を出て行ってくれという話だった。

なまじ広いのをいいことに、家《うち》にはお父さん（と、お母さん）の集めた本やマンガやブルーレイが大量に積んである。

これらを置けるような広さの家やマンションを、近くで借りるとなると、とんでもない家賃《やちん》になる。

どうしようと困《こま》っていたところに、おばあちゃんが、うちの近所に異常《いじょう》に家賃《やちん》の安いマンションがあるけどどうかと教えてくれたのだ。

「けっこうきれいで、すてきなマンションなんだけど、どうも悪い噂《うわさ》が立っちゃって、人が入らない部屋があるのよね」

かつて強盗事件《ごうとうじけん》があった部屋で、住人は軽いけがをしただけだったのだが、それが人づてに伝わるうちに殺人事件《じけん》があったという話にかわり、そのうち一家惨殺事件《ざんさつじけん》があった土地の残穢《ざんえ》が消えず、その部屋では犯罪《はんざい》や自殺者が続出しているという作り話が、「ワケあり物件《ぶっけん》サイト」に書きこまれてしまったという。

その話はとっくに削除《さくじょ》されているのだが、一度広まった噂《うわさ》は消えないらしい。家賃《やちん》を半額《はんがく》にしてみたのだが、それはそれで「やっぱり」と言われ、そのマンションの大家さんは困《こま》っているという。

「大家さんは、とにかく元気でぴんぴんしてて、楽しそうにしてる人に住んでもらいたいって。悪い噂《うわさ》が消えちゃうようなね」

その話を聞いたとき、わたしはお父さんより先に、「それだ！」と叫《さけ》んだ。

自慢《じまん》じゃないが、お父さんもわたしも健康だ。

筋肉《きんにく》もりもりじゃないけど、一応《いちおう》元気。

親しくしてもらっていた大家さんが亡《な》くなったのは悲しいけれど、楽しそうにできるかと言われたら、できるに決まっている。

あの廃材《はいざい》まみれの自称《じしょう》アートハウス、他称《たしょう》変人ハウス、いくら清潔《せいけつ》にしても下水のにおいが排水管《はいすいかん》からたちのぼり、冬寒く夏暑く、ゴキブリも白アリも出たあの家に比《くら》べたら。

冷暖房完備《れいだんぼうかんび》、お風呂《ふろ》がわいたらすてきなメロディが流れて「お風呂《ふろ》がわきました」とお知らせがあり、雨の日も室内乾燥《かんそう》で洗濯物《せんたくもの》が干《ほ》せて、一階エントランスにはオートロックと防犯《ぼうはん》カメラ、それに宅配《たくはい》ボックスまでがついているマンションは、お城《しろ》のようなものだ。

ホラー小説めいた噂話《うわさばなし》など、白アリの一万分の一ほども怖《こわ》くない。

すてきなマンションの最上階フロアに住んでいるというのも、わたしの「脱・ヘンジンコ」に力を貸《か》してくれる。

わたしは引《ひ》っ越《こ》したばかりのマンションの入り口の、つるバラをはわせたアーチ形の門を思い出して、胸《むね》を張《は》った。

そのとき先生がびっくりするようなことを言った。

「みなさん、月方《つきがた》さんのお父さんは作家さんなのよね」

(はあ?)

なんで、そんなことを先生が言ったのかわからない。

それ、みんなの前で言うこと?

いや、思い切り個人情報《こじんじょうほう》でしょ。

そう言いたかったが、こらえた。そんなことをいきなりみんなの前で言ったら、「あれ? この子、なんだろ? ひょっとして自己主張《じこしゅちょう》大好きな、めんどくさいタイプ?」

ってなってしまう。

（まずい、まずい。お父さんのペンネームとか、まさか先生言わないよね）

でも先生の笑顔《えがお》にはまったくかげりもなく、善意《ぜんい》が満《み》ち溢《あふ》れていた。

お父さんのペンネームは「月形早創《つきがたはやそう》」。マニア受けする作風の、SF作家。いろーんな方法で人類を何度も滅亡《めつぼう》させている。

ばかばかしいギャグ満載《まんさい》の滅亡短編集《めつぼうたんぺんしゅう》も出したり。

依頼《いらい》があれば、サイコな（登場人物よりも書き手がね）感じのゾンビホラーなんかも書いてる。もちろんホラーでも人類は滅亡《めつぼう》する。

書評家《しょひょうか》に「滅亡作家《めつぼう》」なんて呼《よ》ばれているぐらいなのだ。

SF界とか、出版社《しゅっぱんしゃ》の文芸編集部《へんしゅうぶ》でならともかく、一般《いっぱん》社会でぜんぜんその作品も名前も知られていないから、自分から言わない限《かぎ》り、ばれないはずだったんだけど。

（先生！　わたしがみんなと話しやすいように、フォローしてくれてるつもりかもだけど、それ、ほんとまずいんでかんべんしてくださいっ！）

心の中で叫《さけ》んだときだった。

「お父さんの作品、先生好きだったわよ。『さらさら森のパックくん』

（あっ！）

わたしは、息をのんだ。

（そっちか！）

『さらさら森のパックくん』は、お父さんの唯一《ゆいいつ》のヒット作だ。

出版社《しゅっぱんしゃ》の人に依頼《いらい》されて書いた、子ども向けのSF童話だ。

遠い未来設定《みらいせってい》で、人類が滅亡《めつぼう》した後、犬族が地球で一番かしこく良心的、かつ最強の生き物になっている。

柴犬《しばいぬ》が進化した（二足歩行で手先も器用《きよう》）パックくんが、いろんな星に行って冒険《ぼうけん》するお話だ。

なぜかそれが子どもに大人気になり、テレビで人形劇《にんぎょうげき》にもなった。

そっちの作品のペンネームは夢尾《ゆめお》クレイ。

このシリーズのおかげで我《わ》が家《や》は、ものすごく経済的《けいざいてき》に助かったので、お父さんにはどんどん売れる童話を書いてほしかったのだが。お父さんときたら、「ぼくが本来、読者に伝えたい世界ではない」とか言ってパックくん以外、童話は書いていない。

（そうか、お父さん、先生には職業《しょくぎょう》を『童話作家・ペンネーム夢尾《ゆめお》クレイ』のほうで伝え

てたんだ）

滅亡《めつぼう》作家・月形早創《つきがたはやそう》のほうを発表されるよりは、まだいいけれど、かわった職業《しょくぎょう》には違《ちが》いない。目立ちすぎない、ふつうの子としてクラスに溶《と》けこみたかったのに、いきなりこれでは、浮《う》いてしまう。

からかわれたりしないだろうかと、じわっと冷《ひ》や汗《あせ》がにじんだときだった。

「わあ、『さらさら森』シリーズ、わたし観《み》てたわ！」

教室のやや後ろのほうで、一人の女の子が声を上げた。

「パックくん、かわいいから好きだったわ。あれって、月方《つきがた》さんのお父さんが書いた話だったの？」

「あ、ええ、ええ」

わたしは、答えながらその女の子のほうを二度見した。

淡《あわ》いピンクのカーディガンをはおった、ものすごくかわいい子だったのだ！

そこだけ、スポットライトが当たったみたいに、彼女《かのじょ》の笑顔《えがお》がくっきりと明るく浮《う》かび上《あ》がって見える！

（う、うわ、かわいさが、まぶしい!!）

「お父さんが、あんな有名なお話を書いてる作家さんだなんて、すごいわね！」

彼女《かのじょ》がそう言ってくれた。

わたしは、がちん、と固まってしまった。

お父さんがそんなふうに、世間の人にほめられることに慣《な》れていないのだ。

「え、えと、そ、そんな有名なってわけじゃ……」

舌《した》がもつれてきた。

ああ、どうしよう。こんなシチュエーション、想定外。

すると、彼女《かのじょ》の横にいた女の子たちが言い出した。

「めっちゃ人気だったよねえ！　パックくん人形とか、いとこが持ってたよ！」

「わたしもあれ好きだったー。毎日観《み》てたよ！」

すごいよねえ、おもしろかったよねえ、と、笑顔《えがお》で口々に言ってくれた。

すると、教室のあちこちから、

「わたしも知ってる」

「すごいよねー」

と声が上がってきた。

わたしに向けられる表情《ひょうじょう》は、好意でいっぱい。

(う、そ)

一度も経験《けいけん》したことのない、この空気。

ぼうぜんとしてしまった。

「みんなも、よく知ってるのね！　みんな後で月方《つきがた》さんにお話を聞かせてもらったらいいわね。じゃ、月方《つきがた》さん、席についてください。机《つくえ》は一番後ろの窓際《まどぎわ》が空いてるから……」

先生が言ったとき、

「先生。月方《つきがた》さんの席、わたしたちの横のほうがよくないですか？」

また、そのかわいい子が言った。

「そのほうが、いろいろ教えてあげられるし、月方《つきがた》さんとも早く仲良くなれると思います」

(も、もしもし。今、なんておっしゃいましたか？)

わたしは自分の耳が信じられなかった。

「あら、赤坂《あかさか》さんがそう言ってくれるなら安心ね。でも、赤坂《あかさか》さんのお隣《となり》は岩崎《いわさき》さんの席でしょう？」

「だいじょうぶです。岩崎《いわさき》さんと、政本《まさもと》くんに一個《こ》ずつ後ろにずれてもらったらいいことでしょ？」

「え、え、あの、そんな。いいですそんな！　わざわざそこまでしてもらわなくても、空いてる席に座《すわ》りますから……」

わたしが言うと、赤坂《あかさか》さんと呼《よ》ばれた女の子が、にこっと笑った。

「だいじょうぶよ。転校生はわからないことが多くて大変だもの。ねえ、岩崎《いわさき》さんも政本《まさもと》くんもそれぐらい協力してくれるわよね？」

彼女《かのじょ》がそう言うと、岩崎《いわさき》さんも政本《まさもと》くんも、

「いいわ」「かまわないよ」

そう言いながら、さっさとカバンを持って、一つ後ろの席に移動《いどう》した。

「あ、ありがとうございます。ごめんなさい。ごめんなさい」

「いいって、いいって。こっち来て来て」

わたしは、あっという間に用意されたその席、赤坂《あかさか》さんの隣《となり》で、赤坂《あかさか》さんの仲良しグループらしい女の子たちのエリアを見つめた。

信じられない。

だれもわたしの隣《となり》の席になって喜んだ人はいないし、自分の隣《となり》に来てなんて言われたこともない。

それなのに、「いいって、いいって。こっち来て来て」だって!?

こんなにかわいくて明るくて親切な女の子たちのグループに、招《まね》き入《い》れられるなんて。

(いったい、なにが起こったんだろう)

わたしは、夢《ゆめ》でも見ているような気分で、そのまぶしい席におそるおそる近づいて行った。

2 かわいいグループとクラスの女王様

その日、自分の人生に大変な落《お》とし穴《あな》があることに気がついたのは、四時間めの途中《とちゅう》だった。

それまで、わたしはすごくハッピーだった。

わたしに声をかけてくれたのは、赤坂萌奈《あかさかもな》。

彼女《かのじょ》はクラス一、いや学年一の美少女で、おしゃれで人気者。

彼女《かのじょ》にあこがれている男子も多く、このクラスでの地位はトップクラス……というのは、空気が読めないわたしでもすぐにわかった。

わたしは、萌奈《もな》の右隣《どなり》、窓際《まどぎわ》の席に座《すわ》った。

萌奈《もな》の左隣《どなり》は広瀬《ひろせ》さやか。

萌奈《もな》の横にいつもぴったりくっついているし、いつも萌奈《もな》の顔を見つめている。

ショートヘアですっきりしたイケメン顔、背《せ》の高いさやかが、萌奈《もな》に寄《よ》りそっていると、男女のカップルみたいに見える。

人気者の彼女《かのじょ》が、だれかに奪《うば》われやしないか、いつもドキドキしている立場弱めのカレシという感じだ。

ほか、ぽっちゃりを気にしている（と本人は言っているけど、ぜんぜん太っていない。丸っこい顔と丸い目がかわいい）陽気な小泉美生《こいずみみう》と、おしゃれ大好きで、人気モデルやタレントのブログやＳＮＳで私服《しふく》を常《つね》にチェックしている、滝千夏《たきちなつ》コンビも、萌奈《もな》の仲良しグループメンバー。

この二人は萌奈《もな》とさやかの前の席で、休み時間になると、美生《みう》と千夏《ちなつ》が後ろを向き、さやかが萌奈《もな》のほうにいすごと体を向ける。

そしてみんなで萌奈《もな》を取り囲むようにして、おしゃべりを始める。

ほかの女子たちは、ちらちらとその様子を横目で見ているが、声はかけてこない。

ひょっとしてグループごと浮《う》いてるんじゃとも思ったが、萌奈《もな》が話しかけるとみんなうれしそうに会話するし、男子などあきらかに舞《ま》い上《あ》がって、見苦しいほどはしゃぐので、このグループがクラスの「あこがれ」の地位にあることが、わかったのだ。

(やっぱり、赤坂萌奈《あかさかもな》がこのクラスの女王様なんだ)

そのクイーン萌奈《もな》が、『さらさら森のパックくん』のことをほめ、わたしに優《やさ》しくしたので、クラスのほかの子たちも、いっせいにわたしに笑顔《えがお》を向けたし、だれもが親切にしてくれたんだ!

(クイーン萌奈《もな》の力、すごい!)

休み時間になると萌奈《もな》が声をかけてくれて、わたしもその「萌奈《もな》を囲む輪」の中に交ぜてもらった。

美生《みう》が一番のおしゃべりで、話題がとぎれると、すぐになにか話し始めてくれるし、ときどき無難《ぶなん》な質問もしてくれるので、すごく助かった。

なにしろ、こんなヒエラルキーが上の女子グループの人たちと、まともに話したことがないので、なにをしゃべったらいいかさっぱりわからない。

検索《けんさく》エンジンかけまくりの調査《ちょうさ》は「ふつうの子」を目指してのものだったし、「かわいい子グループの一員」になるための予習まではしてこなかったのだ。

なので、わたしは萌奈《もな》たちが話すことに、うなずいたり、「へえー、そうなんだ」「すごいね」の二つを言うこと、聞かれたことに最小限《さいしょうげん》返事をするので、精一杯《せいいっぱい》だった。

だが、それがよかったみたいで、三時間めの休み時間に、萌奈《もな》に言われた。

「月方《つきがた》さんって、控《ひか》えめで落ち着いてるね。なんか大人っぽく見える」

「え、大人っぽい？　まさか！」

「でも、よけいなことは言わないし、じっとみんなの様子を見て、よく考えて話してる感じよ」

「ち、違《ちが》うよ。大人っぽくなんかないし、控《ひか》えめでも落ち着いてるわけでもないよ」

（ヘンなことを言わないように、よけいなことをしゃべらないようにしてるだけだって。

それに「かわいい女子」の定番の話題がわからないから、みんなの様子をじいっと見ざるを得ないんだよ！）

と、心の中では叫《さけ》んでいたが、口には出せない。

「あ、あの、お父さんの友だちがよくうちに遊びに来るし、兄弟もいないから、小さいときから大人ばっかりの中で一人遊びしてたし、それで大人っぽく見えるんじゃないかなあ」

「お父さんの友だちって、作家とか？」

美生《みう》が聞いてきた。

「あ、そ、そうだね。絵を描《か》く人とか評論《ひょうろん》してる人とか、出版社《しゅっぱんしゃ》の人とか……」

「わー、やっぱ違《ちが》うー」

「なんか、芸術家《げいじゅつか》って感じだね」

美生《みう》と千夏《ちなつ》が、おもしろそうに言った。

「芸術家《げいじゅつか》」という、危険《きけん》キーワードが、頭の中で点滅《てんめつ》した。

（まずい。芸術家《げいじゅつか》＝変人のほうに話がいかないようにしなくちゃ！）

「ホキちゃんのお家《うち》ってどのへんなの？」

萌奈《もな》がなにげなく、ホキちゃんと呼《よ》んだので、わたしはどっきんと心臓《しんぞう》が大きく跳《は》ね上《あ》がった。

それまで、月方《つきがた》さんと呼《よ》ばれていたから、びっくりしたのだ。

「え、えと。あ、あの。ホ、ホキちゃんって……ええと……」

動揺《どうよう》していらないことを口走りそうになる。

ホキちゃんなんて、クラスの子に呼《よ》ばれたのは初めてです、なんて。

「あ、なれなれしくてごめんね。でも、わたしたちみんな名前で呼《よ》び合《あ》ってるから、ホキちゃんだけ月方《つきがた》さんっていうのも、なんだかヘンだし、これからホキちゃんって呼《よ》んでいいよね？」

「う、うん！」

「じゃ、わたしのことも萌奈《もな》ちゃんって言ってね」

「うん」

うれしすぎて、顔がかあっと熱くなってきた。

「ホキちゃんのお家《うち》って、どのへん？」

もう一度、萌奈《もな》が聞いてきた。

「あ、ええと栄光町《えいこうまち》なの。栄光商店街が近くで」

「ああー、あのへん、大きくてきれいなマンションが多いよね。マンションなの？」

さやかが尋《たず》ねた。

「そう。おばあちゃんの家の近くで。エントランス前にバラが植わってたりしてきれいだし、広いし、そこがいいよっておばあちゃんが教えてくれて」

用心してマンションの名前は言わなかった。

ワケあり物件《ぶっけん》のホラーな噂《うわさ》を、みんなも知ってるかもしれない。

「へえー、すてきなマンションなのね。高層階《こうそうかい》だったら、景色もいいでしょ？　うらやましいわ」

「ううん、ううん、そんな高いタワーマンションとかじゃないから。最上階でも四階だし、そんなに景色もかわらないよ」

ホキちゃんと呼《よ》んでくれたおかげか、だんだんふつうに話せる感じになってきた。

「ねー、ホキちゃん。そのバッグ、かわいいね」

マンションの話題に飽《あ》きたのか、千夏《ちなつ》がほめてくれた。

「ペンケースがお揃《そろ》いなのもかわいい。『キャサリン』のマーガレットシリーズだよね」

「あ、うん」

「ブルー系《けい》好きなの？　ブルーで揃《そろ》えてるみたいだけど」

「う、うん。ブルー好きで……。ピンクは、も、萌奈《もな》ちゃんみたいにかわいい子だったら似合《にあ》うだろうけど。自信がなくて」

「萌奈《もな》ちゃん」と口に出して言ってみたかったので、つい、よけいなことを言ってしまった。

　すると、萌奈《もな》はぷっと小さく吹《ふ》き出《だ》した。

「もう、ホキちゃんたら！　ホキちゃんもピンク似合《にあ》うと思うわよ。ねえ、千夏《ちなつ》ちゃん」

「そうだよ。全身ピンクとかだったらともかく。さし色とかに使ったら、ぜんぜんいけるよ！」

「さし色って？」

「アクセントに使う色ってこと。たとえば、バッグだってピンク一色のじゃなくて、ブルー地にピンクの模様《もよう》がちょっと入ってるとか。全身地味めの色でコーデして、靴下《くつした》だけピンクにするとかそういうの」

「あ、なるほど！　勉強になる！　メモメモ！」

　ついそう言ったら、ぷはっとさやかが笑い出した。

「ホキちゃんって、お父さんが作家で、本もいっぱい読んでそうだし、頭よくてもっと上から目線の子かと思ったら、わりと天然なんだね」

「それにまじめだよねー。千夏《ちなつ》ちゃんのおしゃれトークを勉強になるなんて」

美生《みう》があきれたように、目をくりんと動かした。

「ホキちゃん、おもしろいわね」

萌奈《もな》も笑い出したとき、予鈴《よれい》が鳴った。

「続きはお昼！　お弁当《べんとう》をいっしょに食べながら、もっと話そうね」

萌奈《もな》が言い、わたしはうん！と大きくうなずいた。

（お弁当《べんとう》をいっしょに食べながら、かわいい女子同士のおしゃべり！　おおおー、夢《ゆめ》のようなシチュエーションなんですけど!!）

こんなにあっさり、キャラ変に成功するなんて！

しかも「ふつうの子」志望《しぼう》で、とにかく浮《う》かなければ上出来《じょうでき》だと思っていたのに、おしゃれトークに、「ホキちゃんもピンク似合《にあ》うと思うわよ」に、「お弁当《べんとう》をいっしょに」だって！

わたしは、あまりに過剰《かじょう》なハッピーに、体全体が熱くなった。

（本当に本当に本当に、ここに転校してきてよかった！）

室町中学《むろまちちゅうがく》に転校を決めたのは、つるバラのマンションやおばあちゃんの家の近くだからというだけではない。

マンションから通える距離《きょり》の学校はほかにもあった。

でも、おばあちゃんの町内情報《じょうほう》と、検索《けんさく》エンジンで「室町中学《むろまちちゅうがく》」「評判《ひょうばん》」「いじめ」などで調べた結果、室町中学《むろまちちゅうがく》は比較的《ひかくてき》自由な空気で、荒《あ》れてるという話もないし、あまりいじめの話も聞かないとのことだった。

それに三年生に雑誌《ざっし》モデルのちぇりちゃんがいるという情報《じょうほう》も、出てきた。

ちぇりちゃんは一年生のときは、そんなに目立たない子だったが、二年生で雑誌《ざっし》モデルデビュー。大人びた、個性的《こせいてき》な顔立ちが中高生に人気だという。

(そんな活動をしてる先輩《せんぱい》がいるんだ。へえ)

さっそくちぇりちゃんの写真を検索《けんさく》してみたところ、中学生とは思えないほどかっこい い、すらっと高身長の雰囲気《ふんいき》美人だった。

さらにちぇりちゃんを応援《おうえん》したり、自分のことのように自慢《じまん》したりする同じクラスの人たちのコメントが見つかって、気持ちがほっこりした。

(この学校だったら、本当にいじめとか、ないかもしれない。ここに通いたい!)

そんな気持ちで選んだのだ。

おしゃれの話題もよくわからないし、こちらの得意な話題はいっさいできない（お父さんとその仲間に教えこまれたSF基礎《きそ》教養……小説、マンガ、アニメ、実写などいろんなメディアでおもしろいと話題になったSF作品。過去《かこ》の名作。特にディストピア【注1】もの。ゲームの話題作。あとSF作家の協会内部事情《じじょう》とか、出版社《しゅっぱんしゃ》の噂話《うわさばなし》。雑誌《ざっし》の原稿料《げんこうりょう》【注2】、印税《いんぜい》や、重版《じゅうはん》のしくみ。版権《はんけん》【注3】使用料のこと。電子書籍《しょせき》【注4】の問題点など。あとは各スーパーの特売日とか、葉物《はもの》野菜の値段《ねだん》が最近高いとか、そろそろ洗濯機《せんたくき》のカビ取りをしなくちゃとか）。

基本《きほん》しゃべらないようにしないといけないけど、でも、わたしは幸せだった。

あんなにかわいい萌奈《もな》、その仲良しグループに、女の子同士の仲間として扱《あつか》ってもらえるのだ。

早く四時間めが終わって、昼休みにならないかなとまで、思った。

だが、四時間めの授業《じゅぎょう》の最中に、思い出してしまった。

（ひょっとして、お弁当《べんとう》！）

うちは、お父さんが料理、ごみ出しを担当《たんとう》してくれている。

お父さんはお金のやりくりが下手《へた》なので、生活用品のセレクトはわたしの担当《たんとう》、掃除《そうじ》と洗濯《せんたく》、買い物はそのときどきで、どちらかがやることになっている。

お父さんの料理は下手《へた》ではない。

味つけや盛《も》りつけなど、上手だなと思うし、最近では手早く洗《あら》い物《もの》をしながらやるので、料理後のキッチンに汚《よご》れた器《うつわ》が散乱《さんらん》……ということもない。

ただ、おかしなことに凝《こ》る。

お父さんが、キャラ弁《べん》ブログを熱心に見ていたことが頭をかすめた。

わたしはガラケー持ちで、ＳＮＳはやっていないのだけれど、お父さん、最近スマホで、おもしろキャラ弁《べん》の作者をフォローしてなかったっけ？

それに、朝、家を出るときお父さんは、こんなことを言っていた。

――今日のお弁当《べんとう》は力作だから。楽しみにしてて！

そう言って、にやあっと笑った。

いやな予感がした。

もう、授業《じゅぎょう》の内容《ないよう》など、ぜんぜん頭に入ってこない。

(萌奈《もな》ちゃんたちの前に出せないかも。とにかく一回、中を確認《かくにん》しなきゃ)

四時間めの授業《じゅぎょう》が終わるなり、わたしは、

「あいたた、なんかおなか痛《いた》くなっちゃった。お手洗《てあら》いに行ってくる」

と言った。

そして、おなかの薬が入ってるはずなんだけど、とか言《い》い訳《わけ》をしながら、お弁当《べんとう》の入っているバッグごと持って、ろうかに出た。

きっと生理日だと思ったのだろう。

萌奈《もな》とさやかは聞こえないふりをしてくれたし、美生《みう》と千夏《ちなつ》は、「だいじょうぶ？　トイレの場所わかる？」と言いながらも、それ以上追及《ついきゅう》してこなかった。

わたしは、気がすすまなかったが、トイレの個室《こしつ》の中にお弁当《べんとう》を持ちこみ、ふたをそっと開けてみた。

（あっ！　やっぱり!!）

完成度の高い、キャラ弁《べん》だった。

いや、キャラ弁《べん》なのは別にかまわない。

だが、モンスターのキャラ弁《べん》だった。

いや、モンスターのキャラ弁《べん》が悪いわけじゃない。ポケモンとか、ディズニーのキャラとかなら、まだ、かわいいし、少々子どもっぽくてもぎりぎりイケたかもしれない。

だが、そのモンスターは、お父さんの好きな、アメリカのドラマシリーズに出てくるボスキャラ・モンスターだった。

全身がいやらしい紫色《むらさきいろ》で、しわだらけ。これに寄生《きせい》されたら人間も動物もみんなモンスター化する、深緑色の幼虫《ようちゅう》を大量に吐《は》き出《だ》す。

(すごいリアルじゃん。なに、この幼虫《ようちゅう》、素材《そざい》はなに？　あ、海苔《のり》のつくだ煮《に》か！)

一瞬《いっしゅん》感心してしまうほど、細部まで作りこまれていた。

(いやいやいや、感心してる場合か、わたし！)

あわてて、ふたを閉《し》めた。

(だめだ！　こんなお弁当《べんとう》を見られたら、おしまいだよ！　ヘンジンコに逆戻《ぎゃくもど》りだよ！)

しかたない。

すごすごと教室に戻《もど》った。

萌奈《もな》たちは、机《つくえ》をくっつけ合って、それぞれお弁当《べんとう》を開いていた。

サンドイッチ、小さなラップおにぎり、ポテトサラダにミニオムレツにアスパラのベーコン巻《まき》。

どれもかわいらしく小ぶりのランチボックスに入っていて、お菓子《かし》みたいにきれいな色合いだ。

（ここに、幼虫《ようちゅう》を吐《は》く紫《むらさき》のモンスターを出したら大惨事《だいさんじ》だよ）

「ホキちゃん、だいじょうぶ？」

萌奈《もな》が、心配顔で聞いてくれた。

「ごめん。なんだか、おなかの具合が悪くて。お弁当《べんとう》、食べられない感じだから、その、どこかで休んでくる」

「保健室《ほけんしつ》に行ったほうがよくない？　ついてってあげようか？」

美生《みう》が言った。

「よほどひどかったら保健室《ほけんしつ》に行くけど、そこまでじゃないし。でも、一人食べないでみんなとここにいるのも、その、アレだから、図書室とか、学校の中を見たりしたいし、行ってくる」

おかしなことを言ってると自分でも思ったが、だれもそれ以上、引き止めなかった。

わたしは、バッグを抱《かか》えてろうかに出た。

（って、いったいどこに行こう）

お父さんのあの、満面の笑顔《えがお》。満足そうな顔。

このよくできたモンスター弁当《べんとう》に、わたしがすごく感心して喜ぶと信じて疑《うたが》わないあの顔を思い出して、わたしの肩《かた》はどぉんと大きな岩が載《の》ったみたいに重くなった。

（うちのお父さんが作家だって、急に言い出した先生もそうだし、お父さんもそうだし。なんで、こう、大人ってよけいなことするかな！　大人のよかれと思ってって、すっごい危険《きけん》なんだよね！）

　はーっと、長いため息が出た。


【注1】ユートピア（理想郷《りそうきょう》）の反対の世界。　【注2】著作物《ちょさくぶつ》などの原稿《げんこう》に対する報酬《ほうしゅう》。

【注3】著作物《ちょさくぶつ》の複製《ふくせい》・販売《はんばい》にかんして専有《せんゆう》する権利《けんり》。

【注4】パソコンや携帯電話《けいたいでんわ》、携帯読書端末《けいたいどくしょたんまつ》などで読む本の総称《そうしょう》。

3

「わたしはわたし活動」って？

　おなかがすいていた。

萌奈《もな》たちといて、うれしかったが、緊張《きんちょう》していた。

一人になれたとたん、緊張《きんちょう》がゆるんだせいか、空腹感《くうふくかん》が急に襲《おそ》ってきた。

(図書室で飲食しちゃだめだろうしなあ)

モンスター弁当《べんとう》を、だれにも見られない場所で早く食べてしまって、教室に戻《もど》りたい。

保健室《ほけんしつ》も先生がいるだろうし、トイレもたくさん人が出入りするから、見つかりやすいだろう。

屋上はどうだろうかと思って、三階まで階段《かいだん》を上がってみたが、屋上へ続く扉《とびら》には鍵《かぎ》がかかっていた。

(あー、どうしよう。もう、ここで食べちゃおうか)

屋上に続く階段《かいだん》は、しかし、むあっと熱気がこもって、真夏みたいに暑かった。

あっという間に汗《あせ》だくになりそうだ。

(どこか、だれもいない場所はないのか！)

階段《かいだん》を下りる途中《とちゅう》の窓《まど》から、外を見た。

(あれ？　裏《うら》にも庭があるのかな)

窓《まど》を開け、ちょっとだけ身を乗り出して下を見た。

庭といっても、校舎《こうしゃ》の裏側《うらがわ》と、隣《となり》との敷地《しきち》の間の塀《へい》の隙間《すきま》という感じで、決して広くない。一応《いちおう》、幅《はば》の狭《せま》い花壇《かだん》らしきものが、校舎《こうしゃ》の裏《うら》の壁《かべ》に貼《は》りつくように細長く続いている。

そして、だれもいない。

さっそく階段《かいだん》を下りて、そこに行ってみた。

古びた金網《かなあみ》の小屋がある。もともとうさぎでも飼育《しいく》していたのかもしれない。

花壇《かだん》も、石と雑草《ざっそう》だらけでだれも手入れしていない感じ。

これも昔、子どもも人口が多い時代に園芸部とかがあって、なにか育てていたのかもしれない。

すみっこに、色あせたプラスチックのベンチがあった。

景色は荒廃《こうはい》しているが、風通しがよく、校舎《こうしゃ》の陰《かげ》でほどほどに涼《すず》しい。

（ここでいいか……。なんか人類滅亡《めつぼう》後の世界っぽいから、落ち着くし……）

わたしは、ふちが割《わ》れたベンチに座《すわ》って、お弁当《べんとう》を開いた。

スリムな水筒《すいとう》には、ルイボスティーが入っていた。

コップになっているふたに注いだ、薄赤《うすあか》いその色を見て、ぴんときた。

（なるほど。あのドラマで、宇宙《うちゅう》生物に寄生《きせい》された人が流す涙《なみだ》はこの色そっくりだし。ここまで作りこむとは、父のこだわり、見事である。キモイけど）

「いただきます」

モンスターのボスキャラの顔に、ぶすっとはしをつき立てたときだった。

「あっれえー。ヘンジンコじゃん！」

声が聞こえた、ような気がした。一瞬《いっしゅん》、凍《こお》りついたが、この学校でその名を知っている人はいないはずだ。

（いかん、幻聴《げんちょう》幻聴《げんちょう》。キャラ変がうまくいきすぎて、きっと精神《せいしん》がそれについていけないんだ。ほら、わたしってデリケートだし）

そう思って、声を無視《むし》した。

「うっわー。すっげえ弁当《べんとう》！　さっすがヘンジンコ！」

すぐ近くで、それが聞こえた。

おそるおそる、声のしたほうを見る。

真横から真っ赤な髪《かみ》に目の吊《つ》り上《あ》がった悪魔《あくま》少女がのぞきこんでいた。

（！）

いきなり立ち上がったので、もう少しでお弁当《べんとう》を取り落としそうになった。

「あぶないっ」

すばやくお弁当《べんとう》をキャッチしてくれたのは、その悪魔《あくま》少女だった。

「だめじゃん。食えなくなるよ」

親切にも彼女《かのじょ》は、おはしも揃《そろ》えて、お弁当《べんとう》をわたしに手渡《てわた》してくれた。

「あ、ありがとう……」

悪魔《あくま》少女は、一応室町《いちおうむろまち》中学の制服《せいふく》を着ていた。

ぱりっときれいな白ブラウスに、黒ニットのベスト、きちんとプリーツの整ったスカートと、赤髪《あかがみ》・悪魔《あくま》メイクは違和感《いわかん》ありすぎ。

(もしかして、なんかの、コスプレだろうか？　そういうクラブ活動とか)

黒々と太いアイラインで、吊《つ》り目《め》メイクをしているが、よく見ると左右のカーブのライン違《ちが》っている。爪《つめ》には黒バラとどくろのネイルアートをしているが、ネイルエナメルがところどころはみ出している。

(コスプレにしては、完成度が低いよね。ってことは、これ、ふだんのかっこうってこと？)

不良少女の一種だろうか。しかし、そのわりには気楽に話しかけてきて、とんがった態《たい》度《ど》ではない。

そして、「ヘンジンコ」と二回も言ったのは、なんでだろうか？

(聞《き》き間違《まちが》いかもしれない。だってこんな子、知らないし)

「あ、あの、ええと。その……どうして？」

彼女《かのじょ》は、なに？と目をぱちぱちさせて、首をかしげた。

ヘヴィなファッションやメイクのわりには、妙《みょう》にかわいいリアクションだ。

「どうして、ヘンジンコって言ったの？」

思い切って尋《たず》ねた。

「どうしてって、あんたヘンジンコだからさー。月方穂木《つきがたほき》さんでしょ？」

「えっ。なんで知ってるの!?」

「わかんない？　わたし……、あたい、斉藤《さいとう》だよ。斉藤陽菜《さいとうはるな》」

「さいとうはるな……って、えーっ!!」

ふっくらした色白の、小学生時代のその顔を思い出した。

「うそ！　斉藤《さいとう》さんって、いつも白いワンピースとか、花柄《はながら》の服とか着てて、お嬢様《じょうさま》で。

それにしゃべったこともなかったじゃん」

「しゃべったことなくても、ヘンジンコだっていうのは、顔を見たらわかるよ。いっつもおもしろくって個性的《こせいてき》なかっこうしてたから、あんたのこと、見るの楽しみだったんだ」

(なに、それっていやみ⁉)

かちんときてしまった。

小学生時代のわたしのあのかっこう……お母さんがいなくなって、身なりを気をつけてくれる大人も近くにいなくて、髪《かみ》は伸《の》びたら自分で、ハサミでざくざくに切っていた。段違《だんちが》いの前髪《まえがみ》に、アニメのキャラプリントの、ぶかぶかの大人サイズTシャツに、ずっと洗濯《せんたく》してないジーパン。

ハンカチ代わりに、郵便局《ゆうびんきょく》でもらったタオル地のふきんを使っていた(それでも花柄《はながら》でかわいいと思っていた)。

お母さんの集めていたキノコグッズ(キノコプリントのソックスとか、キノコストラップとか、キノコブローチとか)がそこに加味されて、カオスだった。

もし、本当にタイムリープというものができて過去に行けるなら、好きな男子(いないけど)があう事故《じこ》を未然に防《ふせ》ぎ命を救う前に、小さいわたしにまともな髪型《かみがた》と服装《ふくそう》をさせてやりたい。

そんなわたしが「個性的《こせいてき》」だっただと？　あれを見るのが楽しみな人がいるはずがない。

「斉藤《さいとう》さんって、確《たし》か丘《おか》の上《うえ》女学院の附属《ふぞく》中学に行ったはずでしょ。なんでここにいるのよ」

「ああ、親がそこに通ってほしいって言うから、一応《いちおう》行ったけど、つまんねー学校でさ！　一年でやめたんだよね。二年から、ここの学校に転校してきたんだよ！」

「だから転校って……。でも学区が違《ちが》くない？　うちはこの近くに引《ひ》っ越《こ》してきたから、ここに転校してきたんだけど……」

「あたいも！　ちょーどこっちにいい物件《ぶっけん》があるっていうから、親が家買ったきっかけもあるんだよね！」

「へ、へえー。やっぱ、斉藤《さいとう》さん家《ち》は、リッチなんだ」

陽菜《はるな》のお父さんは、大きな病院に勤《つと》めている勤務医《きんむい》のはずだ。お母さんもお菓子《かし》教室の先生かなにかで、授業《じゅぎょう》参観日でも、ひときわ上品できれいだったのを思い出した。

（こっちは借家を追い出されての、激安家賃《げきやすやちん》の物件《ぶっけん》目当ての引《ひ》っ越《こ》しだよ。エライ違《ちが》い

だ）

「じゃあ、その……、どうしちゃったの？」

「なにが？」

「その、メイクだよ。ヘビメタの追っかけでもしてるの？」

「ヘビメタってなに？」

「え」

わたしは驚《おどろ》いた。冗談《じょうだん》かと思ったが、本気のようだ。

「ヘヴィメタルのこと。わたしも詳《くわ》しくないけどさ。ロックの、さらに激《はげ》しくハードになった感じのやつ。ヘビメタバンドって、だいたい悪魔《あくま》っぽいコスチューム着てるから、真《ま》似《ね》してるのかと思ったんだけど。あ、ひょっとして、パンクだった？　乙女要素《おとめようそ》ないから、ゴスロリ系《けい》じゃないよね？」

「パンクって？　ゴスロリ？」

きょとんと、陽菜《はるな》は目を丸くした。

これも本当にわからない様子だ。

「パンクもロックの一種だけど、ヘビメタほどギター＆重低音重視《じゅうし》じゃないっていうか。ゴスロリは、ゴシック&ロリータっていう、ファッションスタイルで、悪魔的《あくまてき》なモチーフを好むけど、基本《きほん》はロリータっていう甘《あま》めの乙女《おとめ》ファッションでって。ちょっとちょっと。斉藤《さいとう》さん、ヘビメタでもパンクでもゴスロリでもないんだったら、そのかっこうなに？　意味わかんないんだけど」

「これ？『わたしはわたし活動』！」

陽菜《はるな》が、なぜか誇《ほこ》らしげに、ぐいっと胸《むね》を反らせた。

「はあ？」

「あたいさ、限界《げんかい》が来たんだよね。今までの生活に」

「限界《げんかい》？　そんなキツイ生活してたの？」

「キツイね。たとえば、食べられるお花をくっつけたクッキーをお母さんといっしょに焼く。それを指さして『お花の色くっきり大成功！』って、親子ではしゃいでる写真を撮《と》ってママさんたちがフォローし合っているSNSに上げる。クラシックのコンサートにお揃《そろ》いのひらひらの服着て行く。コンサート会場で『ふたごコーデで、クラシックに来ちゃいました』っていう写真を撮《と》ってママさんSNSに上げる。クリスチャンでもないのに、ステンドグラスのきれいな教会にお休みの日に行く。で……」

「親子ではしゃいでる写真をママさんSNSに上げる」

代わりに続きを言ってあげた。

「うん。そしたら、お母さん、ママさんグループにめっちゃいじわるされて、知らないアカウントからおっそろしいコメ来たり。お母さんにSNSやめさせたり、なぐさめたりするの、死ぬほど大変だった。もうイヤ」

陽菜《はるな》は、ウェーブきつめの赤い髪《かみ》をわさわさ言わせて、頭を激《はげ》しく振《ふ》った。

「そんな現代《げんだい》メルヘンみたいな生活を演出《えんしゅつ》じゃなく、本気でやってたら、まあ、ねたまれるね」

「でしょ。だから、あたいはそういうの、もういやなんだっていうことを、わかりやすく活動中」

わたしは、なるほどとうなずいた。

(それで、ヘビメタもパンクもゴスロリも知らないのに、なんとなくロックで不良で悪い子っぽいものを目指した結果、女子プロレスの悪役《ヒール》っぽいメイクになっちゃったのか……)

「斉藤《さいとう》さんも親で困《こま》ってるんだね。うん、それって、相手が悪気がないだけに、やっかいだよね」

ついつい、同情《どうじょう》して深くうなずいてしまった。

「え、ヘンジンコもそうなの？」

陽菜《はるな》は、ぱっと明るい表情《ひょうじょう》になって、わたしの隣《となり》に座《すわ》った。

「ヘンジンコって、いつもマイペースな感じで、自分は自分の好きなことを貫《つらぬ》くって雰囲《ふんい》気《き》だったから。だれにも影響《えいきょう》されたりしないんだって思ってた！」

「ちょっと、お願い。ヘンジンコの連呼《れんこ》、やめてほしいんだけど。わたしの変人キャラって、親や周りの大人たちがかわってる人たちだから、オタク系《けい》の基礎《きそ》教養がしっかりしてしまってるだけなの！　迷惑《めいわく》してるんだよ！　この転校をきっかけに、ふつうの子デビューしたとこなの！　もう、だれにもヘンジンコって言われたくないし！」

つい、きつい口調になっていたらしい。

急に陽菜《はるな》がしおれた。

「……ごめん。そうだったんだ。ヘンジンコって、個性的《こせいてき》でいいあだ名だと思ってたけど」

「いやいやいや、こういうのは個性的《こせいてき》とは言わないでしょ。親がふつうだったら、そういうあだ名でいじめられてないし」

「え、いじめられてたの？」

陽菜《はるな》が、心からびっくりしたのか、黒いアイラインの目を、かっと大きく見開いた。ツタンカーメンの目覚めのようで怖《こわ》い。

「うん。陰口《かげぐち》いっぱい言われたし、女子にはずっと仲間はずれ。男子には笑われ者だし」

「仲間はずれ？　そうだったんだ！　今のあたいみたいに一匹《ぴき》オオカミかなって思ってた」

「一匹《ぴき》オオカミみたいな、かっこいいもんじゃないよ」

そんなに、わたし強くない。

それに、「わたしはわたし活動」をするほど、自分のこと好きでもない。

そう、心の中で続けた。

「……なあ、腹減《はらへ》らない？　弁当《べんとう》食べようよ」

急にだまってしまったわたしに、陽菜《はるな》はそう言って自分のお弁当《べんとう》を取り出した。

「……なに、それ」

陽菜《はるな》のお弁当《べんとう》を見て、わたしはのけぞった。

あまりにもピンク成分が多いのだ。

丸いピンクのラップおにぎりに、ピンクの花模様《はなもよう》のペーパーに包まれた、ピンク色のパンと白いパンが交互《こうご》に重なっているサンドイッチ。

食べられるピンクの花を添《そ》えたサラダとフルーツが、それらといっしょに白いバスケットに並《なら》んでいる。

「めっるへーん！」

「でしょ。一匹《ぴき》オオカミがこんな弁当《べんとう》食ってたら、おっかしいじゃん。だから教室で食えないんだよね」

バラの花模様《はなもよう》のポットからはふんわりと、うれた果実のような甘《あま》い香《かお》りがただよってきた。

「いい香《かお》り。なに、それ。紅茶《こうちゃ》？」

「フレーバーティー。今日はアップルティーかな」

「ふうん……」

「よかったら、どう？」

陽菜《はるな》がピンクと白のサンドイッチを一つすすめてくれた。

「うわあ。きれいな切り口！　お母さん、上手だね！　あ、うまっ！」

見た目のラブリーさから、スイーツのような味を想像《そうぞう》していたのだが。

そのサンドイッチはふんわりした、ほのかなパンの甘味《あまみ》と、とろけるクリームチーズ、スモークサーモンの塩味が合わさり、奥《おく》からぴりっと黒コショウが顔をのぞかせるという、絶妙《ぜつみょう》においしいものだった。

「なにこれ！　めっちゃおいしい！　おしゃれ！　そんで、材料が高級!!」

「え、そう？　気に入ったんだったら、もっと食べる？」

「ありがとう。でも、斉藤《さいとう》さんの分がなくなるよ」

「ね、そっち、ちょっともらっていい？」

陽菜《はるな》は、わたしの膝《ひざ》の上のモンスター弁当《べんとう》を指さした。

「え、これ食べたいの!?　お父さんが作った変人弁当《べんとう》だけど、いいの？」

「それ、おもしろい。すごくシックな色合いで芸術的《げいじゅつてき》。お父さん、パウル・クレーとかお好きなの？」

「え、クレーって画家の？　いやいや、そんなすごいものじゃないって。アメリカ製《せい》ドラマに出てくる、宇宙《うちゅう》生物のボスキャラをそっくりに描《か》いただけだけど。こんな気持ちの悪いもの平気？」

おそるおそる、陽菜《はるな》とお弁当箱《べんとうばこ》を交換《こうかん》した。

「このお化けの顔……凝《こ》ってるねえ。ワインにつけた山芋《やまいも》じゃない。焼《や》き海苔《のり》で顔を描《か》いてあるんだ。うん、おいしいー」

陽菜《はるな》が、目を細めてボスの顔を載《の》せたご飯を味わっていたかと思うと、はっと背中《せなか》を反らせた。

「ああ、この緑の部分、めちゃくちゃおいしい！　これはいったいなに？」

「なにって。海苔《のり》のつくだ煮《に》だよ。スーパーの特売日に激安《げきやす》で大びんを買ったんだけど」

「しょっぱくて、磯《いそ》の香《かお》りがして、おいしい！　こんな風味、初めて食べた！　ご飯がすすむー」

「ああ、そっか。斉藤《さいとう》さんの家では、そういうの食べないんだね……」

「あ、半分以上、食べちゃってる！　ごめん！」

陽菜《はるな》は、残念そうにきれいにボスの上半身がなくなった、モンスター弁当《べんとう》をわたしに返した。

そうしたら、お昼休みの終了《しゅうりょう》を告げるベルの音が流れてきた。

「あ、いけない！　萌奈《もな》ちゃんたちが、心配してるかも！　このお弁当《べんとう》見られたくなくてさ。おなか痛《いた》いからって、教室を出てそのままだし！」

いそいでお弁当箱《べんとうばこ》をかたづけるわたしを、陽菜《はるな》が、ぎょっとしたように見た。

「萌奈《もな》ちゃん？　月方《つきがた》さん、赤坂萌奈《あかさかもな》と仲良くなったの？」

「そうだよ。あんなかわいくっておしゃれな子たちのグループに入れてもらえるなんて、まだ信じられないよ。脱・ヘンジンコで、ふつうの子デビューしたいとは思ってたけど、いきなり『かわいい子グループ』に入れてもらえるなんてさ！って、あれ、斉藤《さいとう》さん、萌《も》奈《な》ちゃんのこと知ってるの？」

「う、うん。そりゃ、同じクラスだしね」

「ええ？　斉藤《さいとう》さんも三組なの？　知らなかった！　教室にいなかったよね？」

「定期的に授業《じゅぎょう》をサボることにしてるからね。そのほうが、一匹《ぴき》オオカミっぽいし」

陽菜《はるな》が笑った。

「じゃあ、月方《つきがた》さん、早く教室に戻《もど》ったほうがいいよ。で、わたしといっしょにいたことは、言わないほうがいいと思う」

「え？　どうして？」

「わたし、萌奈《もな》たちに避《さ》けられてるから、月方《つきがた》さんまで避《さ》けられるようになったらいけないもの。ヘンジンコのこと、なかったことにしたいんでしょ？」

陽菜《はるな》が、真顔で言った。

「え、あ、うん」

うなずいた。

「早く教室に戻《もど》って。わたしは遅《おく》れて行く」

「……なんかごめん、気を遣《つか》わせちゃって」

「いいって。早く行きな」

陽菜《はるな》はそう言って、ベンチにごろんと横になった。

4 プチお弁当事件《べんとうじけん》

「遅《おそ》くなっちゃった」

わたしは、教室に戻《もど》ると、いそいで自分の席についた。

「ホキちゃん、おなか痛《いた》いの、だいじょうぶだったの？」

隣《となり》の席から、萌奈《もな》が聞いてくれた。

「うん。すぐに痛《いた》くなくなったから……学校の中をいろいろ見て回ってたんだ」

「じゃ、保健室《ほけんしつ》には行かなかったのね。でも、おなかすかなかった？」

「え、あ、うん。それは……」

「おなかなんかすかないよね。お弁当《べんとう》、食べてたし」

さやかが、萌奈《もな》の横からぐいっと顔をつき出して、話をもぎとった。

「あのさ、わたしらといっしょにお弁当《べんとう》食べたくなかったんだったら、そう言えばいいじゃん。おなか痛《いた》いってうそまでついて、あんなことしなくてていいでしょ？」

「え」

わたしは凍《こお》りついた。

「なに？　さやか、どういうこと？」

美生《みう》と千夏《ちなつ》が、驚《おどろ》いてこちらを振《ふ》り向《む》いた。

「ホキちゃんがずっと戻《もど》ってこないから、萌奈《もな》ちゃんが心配してさ。それでわたし、保健《ほけん》室《しつ》とか、図書室とかあちこちさがしたんだよ。そしたら、見ちゃったんだけど。裏庭《うらにわ》でお弁当《べんとう》食べてたよね。それも斉藤《さいとう》とさ」

「斉藤《さいとう》ぉ？」

「また、なんで斉藤《さいとう》なんかと！」

美生《みう》と千夏《ちなつ》が、あきれ顔で叫《さけ》んだ。

（やっぱり、この反応《はんのう》……。斉藤《さいとう》さん、本当に萌奈《もな》ちゃんたちに避《さ》けられてるんだ……。

まあ、あのかっこうじゃ無理もないけど）

「う、うん。その、実は、斉藤《さいとう》さんと小学校がいっしょだったの。裏庭《うらにわ》に行ったら、偶然《ぐうぜん》斉藤《さいとう》さんと再会《さいかい》して、それで話をしてて……」

「あ、ホキちゃん、斉藤《さいとう》と知り合いだったの！」

美生《みう》と千夏《ちなつ》が、なるほどとうなずいた。

「まあ、そうじゃないと、あの斉藤《さいとう》と初対面でふつう、話さないよね」

「ふうん。そうだったの。でも、お弁当《べんとう》まで、いっしょに食べなくてもいいんじゃない？

わたしらと先に食べようって約束してたんだしさ！」

まだ納得《なっとく》できない様子で、さやかが言いつのった。

「さやかちゃん。ホキちゃん、断《ことわ》れなかったんじゃない？　斉藤《さいとう》さんが怖《こわ》くて」

萌奈《もな》が、さやかを止めた。

「え……、あの」

わたしは違《ちが》うと言いかけて、うっとのどが詰《つ》まった。

（ここで斉藤《さいとう》さんと、仲がいいって思われたら、わたしもいっしょに避《さ》けられちゃうかもしれない）

それは陽菜《はるな》自身も言っていたではないか。自分と会ってたことは話さないほうがいいと。

――月方《つきがた》さんまで避《さ》けられるようになったらいけないもの。ヘンジンコのこと、なかったことにしたいんでしょ？

「あっ、じゃあ、ひょっとしたら、あのお弁当《べんとう》、ホキちゃんのだったの!?」

さやかがふいに、はじけたみたいに大きな声を出した。

「すっごくかわいい、バスケットに入ったお弁当《べんとう》！　それにワイルドローズ柄《がら》の水筒《すいとう》とか。あれ、斉藤《さいとう》によこせって言われたから、食べさせてあげてたの？　あ、そうか！　『アリス・リズナ』のバスケットや水筒《すいとう》を、斉藤《さいとう》が持ってるはずないか！」

その答えは、さやか的に納得《なっとく》のいくものだったらしく、そっかー！そうだったのかと、大きくうなずいた。

（「そうだったのか」って。陽菜《はるな》のお弁当《べんとう》がわたしのって決めつけてるよ。ああー、話がややこしくなる！）

すると美生《みう》が、わあっと叫《さけ》んだ。

「じゃあ、ホキちゃん、お弁当《べんとう》を斉藤《さいとう》に取られちゃったんだ！　ひどーい！」

「ホキちゃん、かわいそう！」

千夏《ちなつ》も、いっしょになって、声を張《は》り上《あ》げた。

ざわざわっと教室全体が、強い風にあおられる枝葉《えだは》のように、軽い時間差でざわめいた。

「斉藤《さいとう》が……」

「転校生のお弁当《べんとう》を取ったって」

「ひどいよね！」

あっという間に、話が伝わっていく声が、あちこちから聞こえた。

それはお父さんの描《えが》く、宇宙《うちゅう》から来た謎《なぞ》のウイルスよりもはるかに早く、教室中に伝染《でんせん》した。

こういう噂《うわさ》は、今すぐに取り消しても消え切らない。むしろ、もっと強化された噂《うわさ》になって、しつこく生き延《の》びるのを、知っている。

その人のよくないイメージ強化の話（やっぱり！　あの人前からこうだったものね）、とか、よいイメージを裏切《うらぎ》る話（うそー！　そんなふうには見えないけど！）だったら、いくらでも広がるのだ。

そんな噂《うわさ》は小学生時代に、さんざん見聞きした。学校でも町内でも親戚《しんせき》のあいだでも。

そしてわたしと、わたしの一家は、よく噂《うわさ》される側だった。お母さんが亡《な》くなったときですら、なにが原因《げんいん》で死んだのか、ひどい噂《うわさ》を流されたのだ。

（ごめん、斉藤陽菜《さいとうはるな》。これ、止《や》められないかも）

わたしは、ぎゅっと目をつぶった。

「斉藤《さいとう》さんが、いくら小学校が同じだったからって、自分のお弁当《べんとう》をあげるなんて。ホキちゃんって、優《やさ》しいのね」

はっとして、目を開けた。

萌奈《もな》が、いたわるようにわたしの腕《うで》を軽くさわっていた。

「や、優《やさ》しいなんて、そんな……」

「ホキちゃんが優《やさ》しくておとなしいから、心配だわ。悪い子につけこまれちゃうんじゃないかなって」

すると、ぴたっとざわめきが止まった。

教室に吹《ふ》いていた風が、やんだ感じだった。

みんなの姿勢《しせい》はかわらないが、目の動きで、だれかが現《あらわ》れたのがわかった。

教室の後ろの入り口から、陽菜《はるな》が入ってきた。

どかどかと、わざと大きな足音を立てて、大股《おおまた》に歩き、わたしとは反対側の窓際《まどぎわ》の一番後ろの席に、座《すわ》った。

みんながいつも以上に自分に注目しているのに気がついたのだろう、陽菜《はるな》は、じろっと周囲を見回した。

だれもが、さっと視線《しせん》をそらし、陽菜《はるな》と目を合わせないようにした。

陽菜《はるな》は、だるそうに机《つくえ》につっぷした。

すると、さやかが立ち上がって、陽菜《はるな》のほうにつかつかと歩いて行った。

「斉藤《さいとう》。あんたさ、転校生いじめはやめてよ」

腕組《うでぐ》みして、陽菜《はるな》の背中《せなか》にそう言い切った。

(うわ、さやかちゃんって、「正義女子《せいぎじょし》」だったんだ!)

わたしは、跳《は》ね上《あ》がるように立ち、さやかのほうに走った。

わたしは「正義女子《せいぎじょし》」が苦手だ。

ふつうの噂好《うわさず》きの人よりも、はるかにもめごとを大きくして、複雑化《ふくざつか》させるからだ。

「ホキちゃんはさ、おとなしくって、優《やさ》しい子だから。断《ことわ》れないのにつけこんで、お弁当《べんとう》を取り上げるなんて最低! ホキちゃんのお弁当《べんとう》が、すごくかわいくてすてきだったから、うらやましかったんじゃないの?」

ぴくっと陽菜《はるな》の背中《せなか》が反応《はんのう》した。

「あんたなんかに『アリス・リズナ』のランチボックスなんて、似合《にあ》わないって」

「さやかちゃん、もういいって。そんな話、しなくていいよ!」

すると、陽菜《はるな》がゆっくり顔を上げて、こっちを見た。

女子プロ悪役《ヒール》ふうメイクが机《つくえ》にこすれて、黒いアイラインと、赤紫《あかむらさき》のアイカラーが混《ま》じり合《あ》い、顔の上半分がまだら紫《むらさき》になっていた。

(う。さっき食べたボスキャラ色になってる。宇宙《うちゅう》生物に寄生《きせい》されたか?)

吹《ふ》き出《だ》しそうになったが、ここは笑うところじゃない。

「お弁当《べんとう》は、その、あの、奪《うば》われたんじゃなくて、もっとこう、ナチュラルっぽい流れであげたっていうか……」

「ホキちゃん、こんな子、かばわなくていいよ」

さやかの声と、

「うるせえ！」

陽菜《はるな》の声が重なった。

「あたいが、弁当《べんとう》くれよって言ったんだよ！　腹《はら》が減《へ》ってたからさ！」

「やっぱり！　ひどいわ。ホキちゃんがかわいそうじゃない！」

「うっせうっせ！　あんなピンクだらけの気持ちわりい弁当《べんとう》のことで、がたがた騒《さわ》ぐんじゃねえ!!」

陽菜《はるな》が声を張《は》り上《あ》げた。

さやかがなにか言い返そうとしたとき、先生の声が響《ひび》いた。

「なにを騒《さわ》いでるの!?」

先生がみんなをかき分けるようにして、後ろの席にやってきた。

そしてにらみ合っている陽菜《はるな》とさやかの間に立った。

「斉藤《さいとう》さん、広瀬《ひろせ》さん、どうしたんですか？」

「なんでもねえよ」

陽菜《はるな》はそう言って、また机《つくえ》につっぷした。

「なんでもないこと、ないでしょ！　なによ、その態度《たいど》」

またかっとなって怒鳴《どな》ったさやかの手を、すっと萌奈《もな》がつかんだ。

いつのまにか、萌奈《もな》がそばに来ていたのだ。

「なんでもありません。斉藤《さいとう》さんが月方《つきがた》さんにいじわるしたんじゃないかって、わたしたち思っちゃったんです。でも、たいしたことじゃなかったんです。もう、話は済《す》みました。ね、さやか」

萌奈《もな》にぎゅっと手を握《にぎ》られて、さやかは、しかたないという感じでぎゅむっと口を閉《と》じた。

さやかが低い声で「……はい。そうです」と先生に言ったので、ほっとした。

先生にまで、今の話をさやかが言ったら、話が大きくなってしまう。

(うわー、萌奈《もな》ちゃんのおかげで助かったよー！)

「月方《つきがた》さん、そうなの？」

先生に聞かれた。

「は、はい。なんでもないんです」

「そう。それならいいわ。本当になにかあったら、先生に話しに来てね」

「はい。そうします」

「じゃ、みんな、席について」

先生が言い、全員が席についた。

お昼休みのプチお弁当事件《べんとうじけん》はこれで終わり。

「……もう、終わりかよ」

だれか、男子が小声でつまらなそうに言った。

なにもなかったかのように、午後の授業《じゅぎょう》が始まった。

教科書を広げながら、隣《となり》をちらっと見た。

さやかは、ぶすっとふくれっつらのまま、黒板を見ていた。

萌奈《もな》はわたしの視線《しせん》に気がついて、すぐにこっちを見た。

そして、にこっと笑った。

（安心してね。あなたはわたしたちの仲間よ）

そう言っているみたいに見えた。

わたしは、ぎこちなくだが、精一杯《せいいっぱい》の笑顔《えがお》を返した。


放課後。

わたしは、萌奈《もな》たちといっしょに教室を出た。

陽菜《はるな》は、授業《じゅぎょう》が終わっても、机《つくえ》に伏《ふ》せたまま、寝《ね》ていた。

寝《ね》たふりをしているのかなとも思ったけど、背中《せなか》が規則正《きそくただ》しく上下していて、どうも本気で寝《ね》ているみたいだった。

陽菜《はるな》に、お弁当《べんとう》の一件《いっけん》をあやまりたいと思っていた。

（結局、斉藤《さいとう》さんがわたしのお弁当《べんとう》を取ったってことにしてくれたんだもんね……）

わたしが、萌奈《もな》のグループと仲良くしていきたい！という気持ちをくみとって、自分が悪者になってくれたのだ。

トイレに行くとか、忘《わす》れ物《もの》をしたとか、なんとか言って、教室に戻《もど》ったら、まだ陽菜《はるな》はいるかもしれない。

だけど、それも言い出せなかった。

ろうかを歩いている間中、萌奈《もな》の横で、さやかがずっとそっぽを向いて、わたしのほうを見ようともしないのが、気になった。

(ひょっとして、さやかちゃん、わたしに対して怒《おこ》ってる?)

そもそも、さやかがわたしと陽菜《はるな》がお弁当《べんとう》を食べているのを目撃《もくげき》して、わたしが「グループとの約束を守らず」行動したと思《おも》いこんで、怒《おこ》り出《だ》したのだ。

萌奈《もな》がとりなしてくれたら、今度は、わたしのお弁当《べんとう》を陽菜《はるな》が取ったと誤解《ごかい》して、また勝手に怒《おこ》り出《だ》し、わざわざ陽菜《はるな》にケンカを吹《ふ》っかけに行った。

そして今も、機嫌《きげん》を悪くしている。

(なにがそんなに気に入らないんだろ。勝手に騒《さわ》ぎを大きくしたのはそっちじゃん)

そう思ったが、あ、と、気がついた。

さやかにしたら、わたしをかばったつもりなのかもしれない。

わたしのために陽菜《はるな》と戦ったのに、わたしはそれを、感謝《かんしゃ》するどころか、どこか迷惑《めいわく》そうでもある(本気で迷惑《めいわく》だし)。

そこが気に入らないのかもしれない。

（ああー、むちゃくちゃめんどくせー!!　これだから正義《せいぎ》女子はいやなんだよ！）

心の中で絶叫《ぜっきょう》していたが、口に出すわけにはいかない。

（萌奈《もな》ちゃんにいくら、親切にしてもらっても、ここでさやかちゃんに嫌《きら》われたら、グループの仲間に入れてもらえないよ。ヘンジンコってあだ名じゃないだけで、やっぱり疎外《そがい》されて、クラス公認《こうにん》の「バカにしていい人」になって……。転落はあっという間だろうな）

今、ここで、さやかに機嫌《きげん》を直してもらうにはどうしたらいい？

わたしは、靴箱《くつばこ》の前で立ちどまった。ふっと、勢《いきお》いよく息を吐《は》いた。

がんばらなきゃ。今までの自分でなくなるために。

かわりたいんだ。わたしは。

「さやかちゃん」

思い切って呼《よ》びかけた。

「な、なに？」

ようやく、さやかがわたしのほうを見た。

「あの、さっきはありがとう」

顔が引きつりそうになるのを必死でこらえ、棒読《ぼうよ》みにならないように努力した。

「え、なにが？」

わかっているはずなのに、さやかはわざわざそう尋《たず》ねた。

「お昼休みに、その、わたしのことかばってくれたこと」

「え？　ホキちゃんをかばったって。そんなこと、わたししたっけ？」

（まだ、とぼけるか？　これなんかの儀式《ぎしき》？　どこまでめんどくさいんだよ！）

「してくれたじゃない。斉藤《さいとう》さんに、わたしをいじめないでって言ってくれて。ありがとう」

しおらしい、かわいい感じの声を絞《しぼ》り出《だ》した。

これは、自分にうそをついてるんじゃない！と言い聞かせながら。

本当はかなり迷惑《めいわく》だったし、大きな勘違《かんちが》いだった。

でも、だれかがだれかにわたしをいじめるなって、言ってくれたのはうれしかった。

だれかがだれかに、わたしをいじめようと言ってるのを聞いたことあるけど、あのときの気持ちよりはるかによかったよ、うん。

「そんなあ。別に、ホキちゃんをかばおうとかそんなんで言ったんじゃないよ」

さやかが、にこおっと笑った。

よかった。笑ってくれた！

「斉藤《さいとう》が許《ゆる》せなかっただけ。それだけだし。お礼なんか言わないでよ」

照れたように耳の後ろをかいた。そして、うれしそうだ。

（あれ、あっさり機嫌《きげん》がよくなった！　正義《せいぎ》女子って、ひょっとして、『さっきはありがとう』でいいの？）

「さやかちゃんは、女の子がいじめられるのが許《ゆる》せないんだよー。男らしいんだよね！　せっかくの美人が残念！」

美生《みう》がおどけた。

「男らしいって言うな！」

さやかが言い、みんなで笑った。

（よかった……、空気がよくなった）

わたしは知らないうちに固く握《にぎ》りこんで作っていた、両手のこぶしをそっと開いた。

「も、萌奈《もな》ちゃんもありがとう」

「今度はわたし？　わたしこそ、なにかしたっけ？」

萌奈《もな》が、軽くふざけた感じでまつ毛をぱたぱた上下させた。

（うわ、その顔も、めっちゃかわいい）

「先生が来たときに、話が大きくならないように、うまくおさめてくれて。先生にこういうことが知られたら、すごく、面倒《めんどう》なことになるかもって、心配だったんだ」

「ああ、そうよね。先生たちは『いじめゼロ』を目標にしてるから、斉藤《さいとう》さんといっしょにホキちゃんも先生に呼《よ》ばれて、いろいろ聞かれたりしてたかもね」

萌奈《もな》が大きくうなずいた。

「ホキちゃんも今日は大変だったね。転校一日めにして、おなかは痛《いた》くなるし、お弁当事《べんとうじ》件《けん》に巻《ま》きこまれちゃうし」

千夏《ちなつ》が気の毒そうに言った。

「本当。ね、うちの学校のこと、いやにならないでね」

萌奈《もな》が言った。

「ううん！　ううん！　いやになんかならないよ！　ここに転校してきて、本当によかったと思う！」

これは心の底から言った。

「それならよかったわ。あ、いけない。ママが迎《むか》えに来る時間」

萌奈《もな》が腕時計《うでどけい》を見ながら言った。

きゃしゃで文字盤《もじばん》の小さな腕時計《うでどけい》で、萌奈《もな》の細い手首によく似合《にあ》っていた。

「お迎《むか》え？　どこかに行くの？」

「うん、ママの好きなお店がお得意様限定《げんてい》バーゲンなの。いっしょにお買い物した後はパパと合流して、三人で外ご飯。じゃあね、ホキちゃん、また明日ね！」

萌奈《もな》は靴《くつ》をはきかえると、早足で校門に向かって行った。

「待って、そこまでいっしょに行く。じゃ、ホキちゃん。また明日」

さやかが萌奈《もな》の後を追いかけて走った。

美生《みう》と千夏《ちなつ》は、萌奈《もな》たちがいなくなると、二人にしかわからない、おしゃれ関係の話をしながら、靴《くつ》をはきかえた。

わたしは、靴箱《くつばこ》を開けて、あれ？と声を上げそうになった。

わたしの黒いローファーの上に、メモが載《の》っていたのだ。

あの花柄《はながら》の水筒《すいとう》と同じ模様《もよう》のメモ用紙だったので、陽菜《はるな》からのものだとすぐにわかった。

――あとで電話してくんない？　弁当《べんとう》のことで話があるし。陽菜《はるな》
ケータイの電話番号の下に、とめはねまできっちりとしたきれいな字でそう書いてあった。

（な、なんだろ）

みんなの前では、悪者になってはくれたが、やっぱりムカついていたのだろうか？

（いくら人がよくても、一匹《ぴき》オオカミを目指してても、やっぱあれは怒《おこ》るよね……）

まだ一日は終わらない。

なんて長い、転校初日なんだ。

わたしはメモをカーディガンのポケットに入れて、ため息をついた。

そして、先に歩き出した美生《みう》と千夏《ちなつ》の後を、小走りに追いかけた。

5 キャラ変の成功と安定

家に帰る前に、決着をつけてしまおう。

そう思って、駅前の大型スーパーに飛びこんだ。

二階のフードコートのすみっこに立って陽菜《はるな》に電話した。

「もしもし」

陽菜《はるな》の声が聞こえるなり、早口で言った。

「きょ、今日はお弁当《べんとう》のことで、ごめんね。斉藤《さいとう》さんのお弁当《べんとう》をうちのものだって、さやかちゃんが思いこんじゃって。誤解《ごかい》だって言わなくてはと思いつつも、どうしていいかわからなくて、あんなことになってしまって！」

われながら、言《い》い訳《わけ》っぽい。

しかし陽菜《はるな》は、わたしが言い終わらないうちに、機嫌《きげん》よくしゃべり出した。

「あたいさ、お弁当《べんとう》のことで、いいこと思いついたんだよね！」

「え、いいことって？」

「月方《つきがた》さんちのお弁当《べんとう》と、うちのお弁当《べんとう》を毎朝交換《こうかん》したらどうかな。萌《も》奈《な》たちも、そう勘《かん》違《ちが》いしてるんだったら、そのままでいいじゃん。お互《たが》いに都合よくない？」

「お弁当《べんとう》を毎朝交換《こうかん》……」

わたしは、ケータイを握《にぎ》りしめ、思わず大声を出してしまった。

「それ、いいアイデア！　めっちゃいい！」

「だしょ？」

「お父さん凝《こ》り性《しょう》だから、モンスターキャラ弁《べん》、まだまだ追究すると思うんだ。性格的《せいかくてき》に作風をかえるの無理なんだよ。確《たし》かに明日から、どうしようかと思ってたんだよ。それ、すごく助かる！」

ひと息に叫《さけ》んでから、われに返った。

「ああっ、でもわたしはいいけど、斉藤《さいとう》さんは本当にそれでいいの？　あんなきれいでおいしくて、お母さんが工夫《くふう》してくれたお弁当《べんとう》を、毎日くれちゃうなんて、なんか申《もう》し訳《わけ》ないんだけど」

「いやいや、そっちのお弁当《べんとう》のほうがいい。すっごくおもしろいし、おいしいし。それになんか気が楽になるっていうか」

「あれを見て、気が楽になるの？　人に寄生《きせい》する宇宙《うちゅう》生物の形をした食べ物なのに？」

「お母さんのあのすみずみまでかわいい弁当《べんとう》、つらいんだよね。自分の娘《むすめ》はこんなにかわいい子のはずなんだっていう鉄のような固い意思があってさ……」

陽菜《はるな》が、ふーっとため息をついた。

「あのさ……。斉藤《さいとう》さんのそのかっこう……。もともと、いつもお嬢様《じょうさま》っぽいかっこうしてたのに、今のそれ、お母さんはなんて言ってるの？」

「初めはびっくりしてたけど、いくら注意してもこっちが絶対《ぜったい》にやめないもんだから、今はもうなにも言わない。先生にも呼《よ》び出《だ》されて、なんか言われたみたいだけど。で、弁当《べんとう》のピンクや花柄《はながら》がどんどん増《ふ》えてくんだ」

「……そうなんだ」

「『かわいいの最高！』っていうのに、ブレがないんだ。お母さん」

「ブレがないのはこっちもだよ。お父さん、もともとオタク気質《きしつ》だったけど、変人に磨《みが》きがかかったのはお母さんが死んじゃってからかも」

「……え」

陽菜《はるな》の声が、固くなった。

「まあ、月方《つきがた》さんのお母さんって、亡《な》くなってらっしゃるの？」

いきなり口調が上品になった。

(陽菜《はるな》、もとがお嬢様《じょうさま》だから、いくら不良っぽくふるまってても、動揺《どうよう》すると地が出ちゃ

うんだなあ）

「うん。父子家庭になって、もう六年かな。家事は分担制《ぶんたんせい》。だから今も駅前のスーパーに来てる。今日は、お肉の安い日」

「そんな。じゃあ、あのお弁当《べんとう》はお父様が、単にお料理が好きで作ってらっしゃるわけじゃないのね。そんな大事なお弁当《べんとう》を交換《こうかん》だなんて！　知らなかったとはいえ、わたし、なんて心無いことを。ごめんなさい」

陽菜《はるな》の声が、ふるふると震《ふる》え出《だ》した。

「そんなご事情《じじょう》なのに、月方《つきがた》さんたら、お母さんの悪口を笑って聞いてくださって……。ごめんなさい。なんてわたしったら、バカなの。無神経《むしんけい》なの。ううう……」

（うお、まずい！　こんなお花畑反応《はんのう》。陽菜《はるな》、芯《しん》までお嬢様《じょうさま》じゃん！）

「えっと、ぜんぜん！　ぜんぜんそんなことないって。本当に気にしないで！　マジで交《こう》換《かん》してくれたほうが、助かるし、心からそうさせてほしいんだけど！」

「……本当に？」

「本当に！」

「もしかして、月方《つきがた》さん、わたしのために無理してそう言ってくれてるんだったら……」

「違《ちが》う違《ちが》う！　そんな気の遣《つか》い方《かた》、しないって！」

「そう？　本当にいいの？」

「いいの。そうしてほしいの！」

「じゃあ、明日から交換《こうかん》しようね！」

けろりと陽菜《はるな》の声が明るく晴れた。

「どこで受《う》け渡《わた》しをする？　見つかったらまずいから、早めに登校しようか？」

「じゃあ、やっぱり裏庭《うらにわ》かな。朝だったらさすがにだれも来ないだろうし。そこでササッとお弁当《べんとう》を交換《こうかん》して、あとは教室では知らん顔をするのね。『秘密《ひみつ》の花園』だね。楽しみだ！」

（この子、今度はわくわくしてるよ……。うわー……。陽菜《はるな》って、めっちゃいい子じゃん。一匹《ぴき》オオカミどころか、ふわふわの羊さんだよ……）

わたしは、半ばあきれて電話を切った。


「おはよう！」

わたしは、大きな声であいさつした。

「お、おはよう」

お父さんが、面食《めんく》らったようにわたしを見た。

「ホキ、なんか……元気だな。最近早起きだし」

「まあね。早く学校に行かなくちゃいけないから」

「なんだ？　クラブの朝練とかか？」

転校してから、特にクラブ活動はしていない。

ていうか、前の中学でも、一瞬《いっしゅん》トランポリン部に入りかけたが（文芸部とか演劇部《えんげきぶ》などの文化系《ぶんかけい》クラブは、オタク基礎《きそ》教養が高いのが、みんなにひかれそうでいやだった。しかし、運動部系《けい》はラケットとかシューズとか、出費がかさみそう。トランポリンは、特に買わなくていけないものはなさそうだったのでそこにした）、「ヘンジンコのくせに、なに跳《は》ねてんだよ」と、みんなに言われて、仮入部《かりにゅうぶ》で終わった。

つまり、中学生になってから、クラブ活動などしていない。

それを知っているはずなのに、朝練か?とふつうに尋《たず》ねる。

お父さんは、そういう人なのだ。

ボケてるというか、ズレてるというか、脳《のう》の優《すぐ》れた部分の偏《かたよ》りが激《はげ》しいというか。

今も、頬《ほお》やあごのひげがぼそぼそと伸《の》びた黒山羊《くろやぎ》みたいな顔に、メイドカフェのオーナー（お父さんの友だちで作家もしている人）にもらったという、メイドさん用のフリルエプロンを着けて、朝の光を浴びつつキャラ弁《べん》作りに夢中《むちゅう》になっている。

「今日のは、また、いい出来《でき》だなあ」

うっとりと、お弁当《べんとう》をながめてそう言った。

「ここのキッチンがきれいで使いやすいから、弁当《べんとう》作りも楽しくてたまらん。新しいものっていいなあ」

（あれだけ、古い家は広いし、趣《おもむき》があっていいって言ってたけど、お父さんだって便利できれいなほうがいいんだよね、結局）

「そうだね。ヘンなにおいも水道管から上がってこないし、水屋《みずや》も使いやすいし、食器乾《しょっきかん》燥機《そうき》もサイコーだよね」

などと返事しながら近寄《ちかよ》ると、キノコの混《ま》ぜご飯の上に、うねるイカの脚《あし》が何本も置かれているのが見えた。それも淡《あわ》いグリーンに染《そ》められている。

今日はなにに対してのリスペクトと、オマージュなんだろう。

「なに？『イカ娘《むすめ》』？殺《ころ》せんせー……は、お父さんの趣味《しゅみ》じゃないか。あっ、『遊星からの物体Ｘ』？」

「おしいね。古典レベルの触手《しょくしゅ》界の歴史的な名作なのは間違《まちが》いないけど」

「古典レベル……。グリーン……。はっ。まさか『トリフィド時代』!?」

「正解《せいかい》っ！　よくできました！　正確《せいかく》には映画《えいが》『人類ＳＯＳ！』のトリフィドだ」

トリフィドとは、何度も映画《えいが》やテレビドラマになった、古い人類滅亡《めつぼう》ＳＦ作品に出てくる、歩行性《ほこうせい》肉食植物だ。三本の太い根を脚《あし》にして歩き、トゲには猛毒《もうどく》があり、むちのようにしなる長い触手《しょくしゅ》を持っている。

満足そうに微笑《ほほえ》むお父さん。

いちいち答えなくてもいいのに、お父さんのマニアックな問いかけに返事してしまう自分がイヤで、ずっとイライラしていた。

だけど、わたしの生活は、かわった。

いくら、お父さんが、気持ちの悪いお弁当《べんとう》を作っても、もう、それをみんなの前で食べなくてもいい。それどころか、毎回、大喜びでそれを受け取ってくれる人もいる。

だから、余裕《よゆう》のある気持ちで、「今日も残念なお父さん」に接《せっ》することができる。

「お父さん、締《し》め切《き》り前で、また徹夜《てつや》だったんでしょ？　もういいから早く寝《ね》なよ。朝ご飯のお皿は洗《あら》っとくから」

なんて、優《やさ》しい言葉をかけることもできる。

そして、早起きするのは、陽菜《はるな》と「人類滅亡《めつぼう》後ふう秘密《ひみつ》の花園」でお弁当《べんとう》を交換《こうかん》するためだけじゃない。

身支度《みじたく》を整えるためだ。

いや、その言い方は、ふつうの女子中学生らしくないね。

おしゃれするため。

髪《かみ》をきれいにセットして、リップクリームをぬり、スカートのプリーツの形を整える。

アイロンをあてておいたハンカチ（これも、同じものばかりだといけないので、萌奈《もな》たちにほめられたブランドのを、いくつか買った）を用意し、ソックスにも、毛玉とかほつれがないか、真剣《しんけん》にチェックする。

萌奈《もな》たちは、ビューラーでまつ毛を軽めに上げたりしているというのを聞いて、スーパーの化粧品《けしょうひん》売り場でビューラーも買った。

できるだけ家のパソコンで、萌奈《もな》やさやかが口にしたブランドのサイトや、人気モデルのブログは見に行ったし、女子中学生・高校生に人気の雑誌《ざっし》を学校帰りに立ち読みした。

そこの季節先取りのコーデを特集しているページや、広告ページで、ちぇりちゃんの姿《すがた》を見つけたときはうれしかった。

そのページだけ花が咲《さ》いてるみたいに、きれいに見えた。

(こんなにかわいくてかっこいい先輩《せんぱい》がいる学校に、来れたんだ)

三年生の教室は階が違《ちが》うし、校庭や体育館などでも、本物のちぇりちゃんを見かけたことはない。

でも、いつかろうかで、すれ違《ちが》ったりしないかなあなどと、期待している。

モデルにあこがれているとか、そんなんじゃないけど、でも、ちぇりちゃんと同じ学校にいるというだけで、自分が「ふつうの女の子(しかも、ちょっとかわいめの)」として認《みと》められているような気がするのだ。

それに、ちょっとずつだが、萌奈《もな》たちとの会話も自然にできるようになってきた。

基本的《きほんてき》には、四人の会話はわたしの知らないこと……コスメとか服とか髪型《かみがた》とかのおしゃれ情報《じょうほう》とか、芸能人《げいのうじん》SNSの話題とか、人気スイーツとか、泣ける胸《むね》キュン映画《えいが》やLINEマンガとか、かっこいい男子の噂話《うわさばなし》(たまーに勉強や進路の話)なので、

「へえ、そうなの。知らなかった」

「おもしろそう」

「かわいいね」

ぐらいしか、話せないし、自分から話題を提供《ていきょう》なんてしたことはない。

そのままなら、なんとなく疎外感《そがいかん》を感じたかもしれないが、お弁当《べんとう》の時間は別だった。

陽菜《はるな》のお母さんの作るお弁当《べんとう》は、開くたびに、萌奈《もな》たちが歓声《かんせい》を上げるほど、かわいかった。

「なにー。このリンゴ、バラが彫《ほ》ってある！　乙女《おとめ》リンゴだよ！」

「すごい！　お花の形のサンドイッチ、かわいいーっ！」

「やだ、ピンクの三《み》つ編《あ》みかまぼこっ」

そのつど、わたしの周りに女子が集まり、かわいいかわいいの合唱になる。

そして、そのときだけは、わたしが話題の中心になる。

「ホキちゃんのお母さん、すごいね。上手！」

「それにパッケージもめっちゃかわいいよね。お弁当箱《べんとうばこ》とか、包んでる紙ナプキンとか、いっつもかわいいし」

「うらやましいなあ。家のご飯もきっと、すっごく凝《こ》ってるんじゃない？」

お母さんはいない、とは、あえて言わなかった。

ただ、にこにこしていた。

いつもにこやかで、そんなに目立たないけど、かっこ悪くないものを着ていて、とてもすてきなお弁当《べんとう》を持ってきて、ヒット作のある童話作家のお父さんがいる子、そしてどうやら成績《せいせき》も悪くないらしい子は、クラスのみんなに好感をもたれた。

転校して二週間で、わたしは、

「萌奈《もな》ちゃんの仲間の一人で、ちょっと控《ひか》えめのかしこいキャラ」

として、公式認定《にんてい》された感じになった。

みんなが、わたしに優《やさ》しい。

ふつうに知ってることをたまに言うと（ものすごくメジャーな映画《えいが》のこととか、だれでも知ってるような有名小説の基本情報《きほんじょうほう》とか）、

「ホキちゃん。よく知ってるね！」

などと、驚《おどろ》くほど感心してくれた。

わたしがあいさつすると、みんながうれしそうに返してくれる。

男子もだ。

クラスの中での地位がそこそこ高いと、こんなに生きやすいとは、知らなかった。向かい風が追い風になった感じ。

「さすがホキちゃん」

そんな言葉が、美生《みう》や千夏《ちなつ》から出てくるようになったら、自信も出てきた。

もともとずーっと、こういうキャラだったような錯覚《さっかく》まで起きそうだった。

陽菜《はるな》とのお弁当交換《べんとうこうかん》も、スムーズだった。

朝は裏庭《うらにわ》でお弁当《べんとう》を、ササッと交換《こうかん》する。

空になったお弁当箱《べんとうばこ》は、休み時間に、お互《たが》いの靴箱《くつばこ》に入れておく。

教室ではいっさいしゃべらない。目も合わせない。

これも二人の取り決めだ。

正直言うと、陽菜《はるな》にここまでしてもらって、教室では人がかわったみたいに無視《むし》っていうのは、ちょっと罪悪感《ざいあくかん》があった。

「本当にかわいいお弁当《べんとう》。斉藤《さいとう》がほしくなったのも、ちょっとわかるかも」

などと、美生《みう》が言ったとき、胸《むね》にちくんとトゲが刺《さ》さったような気になった。

だが、そのうち、その生活に慣《な》れていった。

わたしも陽菜《はるな》も、それぞれのイメージを守るためにやってるんだから、お互《たが》い様《さま》なんだ。利害が一致《いっち》してそうしてるんだから、負い目を感じることはないと思うようになったのだ。

その日の、お弁当《べんとう》もかわいかった。

ちらしずしの上に、薄焼《うすや》き卵《たまご》や桜色《さくらいろ》のしょうが、きゅうり、ゆでたにんじんなどが、小さなハートの形に切って散らしてあった。

ご飯も、梅やしそを使ったのか、ほんのり淡《あわ》いピンク色に仕上がっている。

評判《ひょうばん》がよかったと前に陽菜《はるな》に伝えた、三《み》つ編《あ》みのかまぼこも、脇《わき》に添《そ》えてあった。

「キャー、ハートがいっぱいのちらしずしだ！」

「今日のお弁当《べんとう》、最高！」

美生《みう》と千夏《ちなつ》が、手足をばたつかせて、盛大《せいだい》にほめてくれた。

「やっぱり、ハートが本当に飛んじゃってる人は、お弁当《べんとう》もラブリーよね！」

萌奈《もな》が笑ったので、わたしは、え？と首をかしげた。

「ハートが？　本当に飛んじゃってるって？」

「あ、やっぱりホキちゃん気がついてないんだ！」

美生《みう》と千夏《ちなつ》が、顔を見合わせて笑った。

「ホキちゃん、こういうこと、鈍《にぶ》そうだもんね」

さやかが言った。

「こういうこと？」

ますます意味がわからない。

「ホキちゃん、あのね」

招《まね》くしぐさを萌奈《もな》がしたので、お弁当《べんとう》の上に身を乗り出した。

「政本《まさもと》くんが、ホキちゃんのこと、好きなんじゃないの？って言ってたの」

「え？」

やはり意味がわからない。

すると、美生《みう》と千夏《ちなつ》がぶふっと吹《ふ》き出《だ》した。

「ホキちゃん、なに？　その顔。本当の本当に、鈍《にぶ》すぎるよ」

「ま、まさも、まさもとくんって。だれだっけ、ええと」

「しっ。聞こえちゃうでしょ」

萌奈《もな》が、くちびるに指を立てた。

「政本《まさもと》くん、しょっちゅうホキちゃん見てるよ」

「移動《いどう》教室のときだって」

「最初から、親切だったと思わない？　ホキちゃんの席を、ここにしたいって萌奈《もな》ちゃんが言ったら、もう、すぐに移動《いどう》してくれたし」

「え、え、え」

そう言われてようやく、政本《まさもと》くんというのは、わたしの二つ後ろの席の子だと気がついた。ひょろりと背《せ》の高い、顔と首がきりんみたいに細長い男の子だという認識《にんしき》しかなかった。

そのきりんの政本《まさもと》くんが？　わたしのことを？　す・き!?

「まさかっ！　そんなことあるわけないっ！」

思わず立ち上がって叫《さけ》んでしまった。

「まあまあ」

「しっ！」

「落ち着いて」

何本もの腕《うで》に肩《かた》や腕《うで》を押《お》さえられ、いすに座《すわ》らされた。

「だ、だって、わたしモテたことないし。男子にもずっと、いじめられこそすれ、好かれたことなんか……」

「それは子どもだから。男子が」

「そうそう。好きな女の子はいじめたり、からかったりするんだって。小学生のときなんて特に」

「そんなこと、そんなこと、あるわけない。勘違《かんちが》いだって……」

「もーう。ホキちゃん、真っ赤になってるよ」

「ホキちゃん、かわいー！」

萌奈《もな》たちが、くすくす笑った。

「ねえ、あさっての日曜日に集まらない？　ホキちゃんの恋《こい》バナもゆっくりしたいし」

萌奈《もな》が提案《ていあん》した。

「わ、賛成《さんせい》。どこにする？」

美生《みう》が両手を上げた。

「原宿《はらじゅく》は？　お店も見たいし」

千夏《ちなつ》が言った。

「いいね。古着屋さんと、プチプラコスメも見たいと思ってたんだ」

さやかが言った。

「じゃ、日曜日は原宿《はらじゅく》で女子会！　ホキちゃん、わかったわね？」

と萌奈《もな》に言われた。

わたしは、こくん、とうなずいた。

6 おしゃれがわかりません

はらじゅく・じょしかい・こいばな。

まったく現実感《げんじつかん》がなかった。

原宿《はらじゅく》も、女子会も、恋《こい》バナも、全要素《ぜんようそ》が今まで無縁《むえん》だった。

（これって、あれじゃない。なんて言うんだっけ、あれ……）

あまりにも自分に関係のない言葉だと思い、頭の中でもかなり出番のない、「鍵《かぎ》のかかったロッカー」レベルの場所に収納《しゅうのう》してあって、なかなか出てこなかったが、やがて思い出した。

「リア充《じゅう》」

そうだ。まるでリア充《じゅう》さんみたいではないか。

（うわー!!　うわー!!　うわー!!　わたし、一気に上りつめた!?　てっぺん取っちゃった!?）

じわじわと歓喜《かんき》と興奮《こうふん》が押《お》し寄《よ》せてきた。

午後の授業《じゅぎょう》は、なにも頭に入らない。

浮《う》かれモードで、ひたすらにやけていた。

家に帰っても、その夜は、ずっとテレビを観《み》て笑っていた。

かろうじて宿題はやったが、ＤＶＤとか、録画したアニメとか、小説とか、そういうものは、ぜんぜん頭に入ってこないし、集中できない。

ゲームも、上の空になってしまって、続かない。

それで、ふだん時間の無駄《むだ》だと思ってまともに観《み》たことのない、バラエティ番組をなんとなく観《み》ていたのだが、これがやたらにおもしろく感じるのだ。

お笑い芸人の、私生活《しせいかつ》をいじるようなやりとり……、女優《じょゆう》のケータイ番号を聞こうとして失敗したとか、合コンばっかりやってるとか、そういう話はいつも、雑音《ざつおん》みたいにしか聞こえなかったのだが、ちゃんと人間の言葉として耳に入ってくる。

(政本《まさもと》くんって……どんな子だったっけ。ちゃんと顔とか見とけばよかった……。って、いや、見たからってどうなるわけでもないし。それに、わたしのことをす、す、好きとかそんなわけないし。萌奈《もな》ちゃんたちが、勝手に想像《そうぞう》して盛《も》り上《あ》がってるだけだし。そもそも、リアル男子って、そんなに興味《きょうみ》ないっていうか。でも、どんな子だっけ？ ちゃんと顔とか見とけばよかった。……て、いや、見たからってどうなるわけでもないし)

「ああっ！ 頭の中がループしてるようっ！」

わたしは自分の頭を両手でぽかぽか、たたいた。

(はっ！ 少女マンガみたいな動きをしてしまった！)

恥《は》ずかしくて、一人、かーっと赤くなった。

少女マンガは嫌《きら》いじゃない。

でも、ラブコメは異世界《いせかい》だった。

好きかもしれない・好かれてるかもしれない程度《ていど》の、恋愛《れんあい》が始まっているわけでもない状態《じょうたい》で、主人公の女の子が、一人、あれこれ想像《そうぞう》して、もんもんとする。

赤くなったり、落ちこんだり、ベッドの上で切ない声を出したり、ひどいときにはぬいぐるみに話しかけて同意を求めたりする。

そういうシーンは、現実《げんじつ》にないマンガ内のお約束だと思っていたし、まったく理解《りかい》も共感もできなかった。

ああ、それなのに。

わたしが、そんなことをするとは。

少女マンガおそるべし！

そして、しみじみ、これがリア充《じゅう》というものなのかと、一人感じ入った。

一カ月前の自分に、今のわたしになにが起きているのか、教えてやりたい。

まだ、「脱・ヘンジンコ」と、ふつうデビューができるかどうか不安でたまらなかったころのわたしに。

きっと、原宿《はらじゅく》の女子会で恋《こい》バナするのに誘《さそ》われてる、なんて言っても信じないだろう。

土曜の朝になった。

脳内《のうない》の興奮状態《こうふんじょうたい》がやや沈静化《ちんせいか》していた。

そこで、はっと気がついた。

(原宿《はらじゅく》でどんな店に行くんだろう？　プチなんとかコスメって、さやかちゃん言ってたっけ。それに古着屋さんに行きたいって)

まったくわからない。

そもそも原宿《はらじゅく》をまともに歩いたことがない。

引《ひ》っ越《こ》してきて、池袋《いけぶくろ》が近くなったから、おばあちゃんといっしょに池袋《いけぶくろ》のデパートには行ったけど、もともと都内のメジャーな場所にもそんなに（お父さんと歩く秋葉原《あきはばら》、神田《かんだ》エリア以外は）出向かない。

前もって、どういう店があって、どんなところが人気なのか調べておかないと、萌奈《もな》たちとの会話や行動にまるでついていけない。

(今日は、土曜日授業《じゅぎょう》がある日だもんね……。帰ったら原宿《はらじゅく》の予習をしなくては！)

そう思いながらキッチンに行くと、お父さんが夢中《むちゅう》になって、お弁当《べんとう》作りの仕上げに入っていた。

「あれ、お父さん、今日は土曜日だからお弁当《べんとう》、いらないよ」

「あ、そうか、しまったなあ！」

自由業の人は、曜日の感覚が薄《うす》い。お父さんが平日と間違《まちが》えて、お休みの日に銀行や郵便局《ゆうびんきょく》に行ってしまうのなど、しょっちゅうだ。

それをわかっているので、ゆうべ、明日は学校には行くけど土曜だからと注意するつもりだったのが、ついつい、ぽーっとしてしまって、言うのを忘《わす》れていた。

「じゃあ、置いておいて、帰ってきたら食べるか？　ソラリス弁当《べんとう》」

(今日は、『惑星《わくせい》ソラリス』か……)

すみれ色の霞《かすみ》に包まれ、海におおわれた美しい星ソラリス。

ところが、この海は知性《ちせい》のある高等生物。しかも、人の心のいやーなところに入りこみ、人間をぐずぐずのクズ野郎《やろう》にしてしまう、非常《ひじょう》に恐《おそ》ろしい海水なのだ。

弁当箱《べんとうばこ》をのぞきこむと、きれいな青色が目に飛びこんできた。

透《す》き通《とお》るブルーの薄切《うすぎ》り寒天、白身だけ使った薄焼《うすや》き卵《たまご》がご飯の上に重なり合い、見事にたゆたう恐怖《きょうふ》の海が表現《ひょうげん》されていた。

一カ所だけ、ご飯の陸地が見えるところに、ソラリスの主人公らしい、人型ウインナーが横たわっている。

「海がきれいに透《す》けて見えるように、おかずはご飯の底に埋《う》めこんであるんだぜ」

お父さんが胸《むね》を張《は》った。

(これ、陽菜《はるな》が喜ぶかも)

「せっかくだから、持って行くよ。友だちにウケそう」

「おお、そうか!」

お父さんが、きらりと歯を輝《かがや》かせて笑った。

お父さんは運動不足でたるんだ体といい、ぱさぱさに乾燥《かんそう》した髪《かみ》とひげといい、ヨレヨレの服装《ふくそう》といい、およそしゃんとしたきれいな箇所《かしょ》というものがないのだが、なぜか歯だけはきれいなのだ。

「このSFキャラ弁《べん》のことが理解《りかい》できる、気の合う友だちができたんだな!」

(友だち……)

自分で友だちと言っておいて、そう言われると、ちょっと考えてしまった。

(陽菜《はるな》とわたしって、まあ友だちの領域《りょういき》……なのかな。でも、「気の合う友だち」ではないよね。いろいろお互《たが》いの都合がいい相手だから、つきあってる感じだよね)

「うーん、ＳＦの理解《りかい》はできてないけど、おもしろがってるよ。すっごくウケてくれるから、こっちも楽しいかな」

「それはいい。気の合う友だちは本当にいいよ。たいてい、人とは気が合わないもんだ。とんでもなくイヤなやつもいるし、おっそろしいやつもいる。そういう人々とつきあわずに生きていくことはできないように、世の中はなっている。じゃあ、どうする？　だれともつきあわずに生きるつもりでも、生きてる限《かぎ》り必ず、人と関係をもたなきゃいけない」

（あ、語りスイッチ、入っちゃった……）

わたしは、うつむいた。

お父さんは、ふだんあまりしゃべらないのだが、なにかのスイッチが入ると、突然《とつぜん》熱く語り出すくせがある。

それは、自分の作品をだれかにほめられて、舞《ま》い上《あ》がったときが多いが、たまに原稿《げんこう》がすすまなくて、煮詰《につ》まっているときにもスイッチが入ることがある。

今朝《けさ》はたぶん煮詰《につ》まっているほうだろう。

「どんなに一生懸命《いっしょうけんめい》がんばっても、人といる限《かぎ》りイヤな目にあう。こっちも知らない間に、よかれと思ってやったことで、人にストレスをあたえたりしてる」

（まったく今がそうだよ。わかってるじゃん）

そこだけ、顔を上げてお父さんをにらんだけど、もちろん気がつかない。

「人と人というのは、そういうもんだと思ったほうがいい。じゃあ、どうする？　せめて、自分の好きなことを追いかけて、気の合うやつと語り合おう！　世の中には、びっくりするようないいやつもいる。信じられないぐらい、人と共鳴することもある。ごくたまに、そういう不思議なことが起こるんだ！　そういう不思議に出合うには、負けず、折れず、へこまず、自分のコアを守ってこの世の中を生き抜《いぬ》くしかないのだ！」

「わかった、わかった。それ、何回も聞いているし」

（変人の生きる心得ってとこだよね。だけど、その不思議を待ってられないのが学校の現実《げんじつ》ってもんなんだよ）

なおも語りたそうなお父さんをおしとどめて、お弁当《べんとう》を受け取った。

「行ってきます」

マンションのエントランスで、陽菜《はるな》に電話をかけた。

陽菜《はるな》はすぐに出た。

「あ、朝から電話してごめん。あのさ、お父さんがお弁当《べんとう》作っちゃって。土曜なのに、曜日間違《まちが》えてさ」

「あ、そうなんだ」

「それがまた、妙《みょう》にいい出来《でき》なんだよ。よかったら、どっかで食べてくれない？　朝、秘《ひ》密《みつ》の花園で待ってるから、渡《わた》すよ」

「わかった！　じゃあ、後でね。お弁当《べんとう》、見るの楽しみ！」

陽菜《はるな》の伸《の》びやかな笑い声。

わたしはほっとして、じゃ、後でと電話を切った。

いつもに増《ま》して、早い登校。

まだ、陽菜《はるな》は来ていない。

転校一日めに、陽菜《はるな》と出会ったあのベンチが目についた。

いつもは、「あれ、おいしかったわあ。ロボットみたいなの」とか「乙女《おとめ》のバラの花リンゴめっちゃ、評判《ひょうばん》よかったよ」などの感想を早口にかわし合い、お弁当《べんとう》をサササッと受《う》け渡《わた》しするだけなので、あれ以来あそこに座《すわ》っていない。

ベンチに腰《こし》を下ろしたとたん、陽菜《はるな》の真っ赤な髪《かみ》が校舎《こうしゃ》の陰《かげ》から現《あらわ》れた。

「待たせてごめーん」

手にピンクの袋《ふくろ》を下げている。

「あれ？　それ……お弁当《べんとう》バッグじゃないの？」

ずっと走ってきたらしく、息切れしながらやってくる陽菜《はるな》に尋《たず》ねた。

「うちのお母さんも、作っちまった」

「土曜日なのに？」

「朝、電話で話してるの、聞かれちゃったんだよね。あたいに友だちから電話かかってくるの、珍《めずら》しいから、お母さん、全身耳にして聞いてて。で、朝ご飯食ってる間に高速で作ってて。友だちといっしょに食べなさいって」

「じゃあ、そっちもお弁当《べんとう》アリなんだ」

「はい」

お弁当《べんとう》バッグごと渡《わた》された。

わたしもお弁当《べんとう》を渡《わた》した。

「交換《こうかん》したはいいけど、どうする？　学校で食べるの？」

「あたいは、昼にここで食うよ」

「ふうん……。じゃあわたしもそうしようかなあ」

「え、それだいじょうぶ？　いつも萌奈《もな》たちといっしょに帰るじゃん」

「だって、空になったお弁当箱《べんとうばこ》を返さないといけないでしょ？　なんか、うまく言って、萌奈《もな》たちと別れて、ここに来るよ」

「……んじゃ、待ってるし」

そう、約束した。


四時間めが終わった。

教科書をカバンに入れながら、どう言って学校に残るか考えていたら、

「ねー、明日、なに着る？」

美生《みう》が、千夏《ちなつ》にそう尋《たず》ねるのが聞こえた。

「原宿《はらじゅく》だし、まあ、基本《きほん》カジュアルで」

「だね。さやかちゃんはきっと、パンツにロングシャツだよ。ジェンダーレスのブランド、よくチェックしてるし」

「萌奈《もな》ちゃんはきっとパステル系《けい》だしね、うちらはそこそこガーリーぐらいかな」

ね、と、二人はうなずいた。

「ホキちゃんは、明日、なに着て行くの？」

「あ、えと」

美生《みう》たちの会話の意味が、半分ぐらいしかわからなかったわたしは、口ごもった。

（あした……、そうか、明日着て行くもののことまで、考えてなかった）

いつもは制服《せいふく》だし、カバンや小物ぐらいしか、考えなくてよかった。だけど考えてみたら、明日はそれこそ、上から下まで「丸ごとコーデ」力がためされるのだ。

（うわ、どうしよう!!　あんな雑誌《ざっし》に載《の》ってるような服なんて、持ってないし、おばあちゃんに前に買ってもらったお出かけ服……、グレーのチェックのワンピースに上着のついてるやつは……違《ちが》う気がする!!）

「ま、まだ決めてないいんだ……」

「ふーん、ホキちゃんだったら、お出かけにすごくかわいいの、着てそう！」

「なんせ、あのお弁当《べんとう》だもんね。お母さん、めっちゃ『アリス・リズナ』好きなんでしょ。あ、でもホキちゃんは『キャサリン』好きだっけ」

冷《ひ》や汗《あせ》が流れた。一応《いちおう》、そのブランドのサイトを自習的に見てはいるが、どちらも花柄《はながら》主流のデザインで、今でもどっちがどっちの製品《せいひん》かよくわからない。

「なになに？　明日の話？」

萌奈《もな》とさやかがトイレから戻《もど》ってきた。

「わたし、デザートピザ食べたいなあ。フルーツとジェラートもりもりのやつ」

萌奈《もな》が言った。

「あ、『アレグロピッツァ』のでしょ。わたしも一回食べてみたかった。あれ、うまそーだよね」

さやかが言った。

「クレープも今さらだよね。あ、パンケーキっていう手もあるけど。『ベリーベリー・パンケーキハウス』とか？」

美生《みう》が、目をくるんと動かして提案《ていあん》した。

「ああ、トリプルベリーのパンケーキもいいかなあ？　迷《まよ》わせないでよー」

萌奈《もな》が頭を抱《かか》えて、みんな笑った。

わたしだけ笑えなかった。

（デザートピザにパンケーキ……。そ、それって、いくらかかるのかな。フルーツたっぷりのおしゃれなスイーツって、お金かかりそう）

池袋《いけぶくろ》のデパ地下で見た華《はな》やかなスイーツは、カラフルなフルーツ使用量に比例《ひれい》して、値《ね》段《だん》が高いのを思い出した。

着るものの話からはなれたのはよかったけれど、それはそれで、また別の不安がわいてきた。

(おばあちゃんがくれたお年玉貯金……、けっこう使ってしまってるけど……残りを持って行けばなんとかなるよね)

明日の話でわいわい盛《も》り上《あ》がるみんなにくっついて、靴箱《くつばこ》に移動《いどう》した。

(い、いけない。秘密《ひみつ》の花園に行かなくちゃ)

気がついたときには、もう、靴《くつ》をはきかえていた。

わたしは、結局うまい言《い》い訳《わけ》を見つけられず、萌奈《もな》たちといっしょに校門を出た。

横断《おうだん》歩道を渡《わた》るところで、

「あ、あ、ああー。しまった」

棒読《ぼうよ》みで言った。

「忘《わす》れ物《もの》しちゃった、わたし学校に戻《もど》るから、みんな、行っちゃってて」

萌奈《もな》は、ああ、そう、じゃ明日ねと、特に気にする様子もなかった。

「ＪＲ原宿駅《はらじゅくえき》の表参道口《おもてさんどうぐち》改札出て左。駅の前だよ。ジュースの販売機《はんばいき》とかあるあたりだからね」

さやかが集合場所を、もう一度言ってくれた。

「うん！　じゃあね」

わたしは校庭を小走りに駆《か》け抜《ぬ》けた。

靴箱《くつばこ》の中に隠《かく》しておいたお弁当《べんとう》バッグをつかんだ。

裏庭《うらにわ》に向かうには、校舎《こうしゃ》の二つの建物をつなぐろうかをつっ切らないといけない。

薄暗《うすぐら》いろうかに、頭を低くして踏《ふ》み出《だ》したとたん、どん、とだれかにぶつかった。

「あっ、すいません！」

わたしは、顔を上げた。

相手の顔は、わたしの顔より一つ分、高いところにあった。

「いたた……」

その人は、自分の胸《むね》のあたりを押《お》さえて、顔をしかめていた。

なんとなく、見たことある顔だから、一瞬《いっしゅん》、知り合いかと思った。

でも、知り合いなんかじゃないとすぐに気がついた。

「あ、ああーっ！　ちぇ、ちぇ、ちぇりちゃん！さん！　モデルのちぇりさん！　ちぇりさんですよね！」

わたしは、悲鳴みたいに高い声で叫《さけ》んでいた。

「う、うん」

ちぇりちゃんは、困《こま》ったような、恥《は》ずかしそうな顔をした。

「わたし、雑誌《ざっし》見てます！　あの、あの、あの」

なんて言っていいかわからず、ただうろたえた。

「ありがとう」

ちぇりちゃんは、笑った。

ショートカットがさらりと似合《にあ》っていて、制服《せいふく》と紺《こん》のカーディガン、それに黒いソックスというわたしとよく似《に》た服装《ふくそう》なのだが、ぜんぜん違《ちが》う。

特にこれといって、目立ったおしゃれをしていないというのに、めちゃくちゃかっこよく見えた。

それにつんと高飛車な感じじゃなくて、なんだか気さくで優《やさ》しそう。

「その……どうしたら、おしゃれになれますか？」

気がついたら、そんなことを言っていた。

「は、はやってるブランドとか見ても、見分けがつかないし、そんなにお金もかけられないし。どういうのが『ふつうにかわいい』なのかわからなくて、もう、どうしたらいいのか」

(うわ、わたし、なんて迷惑《めいわく》なこと言ってるんだろ！　初対面のヘンな子にこんなこと言われても、ちぇりちゃん困《こま》るだけだよー)

すると、ちぇりちゃんは、

「むーん」

と、鼻の下を伸《の》ばして、くちびるをとがらせた。

(あれ？　美人が台無しのおもしろ顔……、どうしちゃったんだろう)

「それって、実はわたしもなんだよね。今でもおしゃれって、よくわかんない」

そう答えてくれたので、「むーん」と言ったのは、ちぇりちゃんの考えこんでいるときの顔なんだとわかった。

「それに、ふつうにかわいいっていうのは、一番、わたしの苦手なとこなんだ」

「えっ。だって……」

「モデルなのにって思うよね？　わたしは背《せ》が高すぎて、首とか腕《うで》も妙《みょう》に長いし、顔も濃《こ》いし、女の子っぽいかわいい服がいっさい似合《にあ》わなくて。おしゃれとかあきらめてたんだけど。でもまあ、自分のコンプレックスをいいところだって思えるようにがんばったんだよね。どうやったって、服に自分を合わせるのは無理だからね」

「……」

わたしは、言葉を失った。

ちぇりちゃんは、にこっと笑って、ぽんぽんと私《わたし》の肩《かた》をはげますようにたたいた。

「自分のヘンだと思うとこを認《みと》めてあげてさ、それがよく見えるかっこうをしたらいいよ。それと、そうだ、自分の大好きなものを一個《こ》でも身に着けたら、自然と顔が明るくなって、それだけでもう、かわいさアップだよ。じゃあね」

「あ」

ちぇりちゃんは早足で行ってしまった。

声も話し方も歩き方も、さっぱりすっきりしていて、初夏の風のようだった。

「ああ……」

わたしは、胸《むね》を押《お》さえ、ちぇりちゃんの消えた先を見つめて、しばらくそこに立っていた。

7 「お菓子《かし》の家」と素顔《すがお》

「……月方《つきがた》さん！」

だれかに呼《よ》びかけられた。

「なにぼんやりしてんだよ！」

陽菜《はるな》がろうかを抜《ぬ》けた向こう、裏庭《うらにわ》のほうから叫《さけ》んでいた。

「あっ。ごめん」

あわてて、陽菜《はるな》のほうに駆《か》け寄《よ》った。

「なかなか来ないからさ、なんかあって来れなくなったのかと思ったよ。電話にも出ないし」

言われて見たら、ケータイに陽菜《はるな》からの着信があった。

「ごめんー。ちぇりちゃんと話してたもんだからー」

わたしがそう言うと、今日は白と黒のアイラインを引いた陽菜《はるな》の目が、まん丸くなった。

「ええ？　ちぇりちゃんと話したの⁉　いつ？　今？」

(あれ、悪魔《あくま》ロック系《けい》やめたのかな？　メイクが女子プロ悪役《ヒール》ふうから、ライオンキングみたくなってるんだけど)

気になったが、今はそこじゃない。

「そうだよ。そこのろうかでぶつかっちゃって。優《やさ》しかったなー、おしゃれの極意《ごくい》をアドバイスしてくれたよー」

「マジ？　うそ！　ええっ。わたし、一回もお話ししていただいたことがないのにっ。いいなあ！　いいなあ！」

陽菜《はるな》が胸《むね》の前で手のひらを組む、乙女《おとめ》ポーズで身をよじった。ヒョウ柄《がら》のネイルが目立つ。

「ねえ、ちぇりちゃん、きれいでしょ！　そばで見たら、かわいかった？」

「めちゃめちゃすてきだったよっ！」

「きゃー！　やっぱり！」

わたしたちは、きゃあきゃあはしゃぐだけはしゃいだ後、はっとお互《たが》いの口をふさいだ。

声が大きすぎて、校舎《こうしゃ》のほうに響《ひび》きまくっていたのだ。

「……で、おしゃれのアドバイスって？」

「うん、わたしつい、『どうしたらおしゃれになれますか、どういうのが〝ふつうにかわいい〟なのかがわからない』って言ってしまって」

今度は額《ひたい》を寄《よ》せて、小声で話した。

「うんうん」

「そしたら、ちぇりちゃんが、『むーん』って言って、こーんな顔して考えこんじゃって」

「え、なに？　その顔」

「わかんないけど、『むーん』って。ちょっとサルっぽい感じで。もうめっちゃ本気で考えてくれて」

「マジ？　なにそれ？　かわいい！」

「わたしがさ、明日萌奈《もな》ちゃんたちと原宿《はらじゅく》で会うのに、もうなに着て行ったらいいかわかんなくて、本気で悩《なや》んでたのが伝わったのかな？　すごく真剣《しんけん》に答えてくれて」

「へえー、ちぇりちゃん、いい人だわあ。って、月方《つきがた》さん、明日、萌奈《もな》たちと原宿《はらじゅく》で遊ぶの？」

「そうなんだよ。それでもう、今から胸《むね》がばくばくしてるんだよ」

わたしは、美生《みう》と千夏《ちなつ》のかわしていた「明日、なに着る」の会話を再現《さいげん》した。

「『ホキちゃんだったら、お出かけに、すごくかわいいの、着てそう！』とかさ、めっちゃプレッシャーだし。お母さんが『アリス・リズナ』好きなんでしょとか、『キャサリン』好きだっけとかも言われたけど。あまりその違《ちが》いもわかんないし」

「ああー、なるほど、うんうん」

「それに、萌奈《もな》ちゃん、デザートピザかパンケーキ食べるか迷《まよ》ってた。フルーツもりもりの。それって高いの？　飲み物もいっしょに頼《たの》むのがふつう？　いくらぐらいお金持って行ったら足りるのかな？　さやかちゃんは、古着屋とか、プチなんとかコスメの店に行きたいって。それ、行くのになんか装備《そうび》いる？　もう、秘境《ひきょう》に探検《たんけん》に行くみたいな気分だよっ！」

一気に不安が噴《ふ》き出《だ》した。

「うんうん、だいたいわかった」

腕組《うでぐ》みして、陽菜《はるな》が言った。

「萌奈《もな》たちは、基本《きほん》かわいいカジュアルで来ると思う。夢《ゆめ》っぽいふわっとしたパステル調のシャツかワンピースに、デニム素材《そざい》のスカートとかジャケットとかそんな感じ。萌奈《もな》が白やピンクを多めに使うから、美生《みう》や千夏《ちなつ》はそこ外してパープルとかイエローかな。さやかは男の子っぽいかっこうだろうし」

「あ、ああーっ、うん！　そんなこと言ってた！」

「でしょ？　イタリアンレストランのデザートピザまでは、高級すぎて行かないと思うから、たぶん『アレグロピッツァ』あたりじゃないかな。萌奈《もな》が立って食べるの嫌《きら》いだからクレープは行かないだろうし。パンケーキなら『ベリーベリー・パンケーキハウス』かな。内装《ないそう》がピンクいっぱいでかわいいって萌奈《もな》のお気に入りだから」

「す、すごい。斉藤《さいとう》さん、千里眼《せんりがん》!?」

「ぷっ、まさか」

陽菜《はるな》が、口に手を当てて笑った。

「萌奈《もな》たちのすることを、クラスの女子で、真似《まね》する子がけっこういるんだよ。本人たちも、大きい声で『あのお店よかったよね！　また行こう！』って、話してるし。私服《しふく》写真をＳＮＳにアップしてるし。だから、だいたい萌奈《もな》たちの好きな服や店がわかるよ」

「へ、へえー」

「萌奈《もな》たち、私服《しふく》コーデはすごく考えてるよ。人の着てるものもどこのブランドでいくらぐらいかとか一瞬《いっしゅん》で見抜《みぬ》くし」

「……着るものない」

わたしは、うなだれた。

「萌奈《もな》ちゃんたちが、かわいいって言いそうな服なんていっさい持ってないよ。メイドカフェのエプロンと、アニメキャラのTシャツならいっぱいあるけど。もう、行くのよそうかな。おなか痛《いた》いって言って。今も考えただけでおなか痛《いた》くなってきたから、うそじゃないし」

「でも、行きたいんでしょ？」

「そりゃ、もう。でもさ、原宿《はらじゅく》でかわいいかっこうして、女の子ばっかりで、わいわいなんて、まばゆいこと、わたしには無理だったんだよ。いきなり、そんな高いとこ行ったら、高山病になる」

すると陽菜《はるな》が開きかけていたお弁当箱《べんとうばこ》のふたを、ぱちんと閉《し》めた。

「月方《つきがた》さん、今からうちに来て。きっと助けてあげられると思う。お弁当《べんとう》をわたしの部屋で食べながら、明日の装備《そうび》をしよう」

「え。装備《そうび》、手伝《てつだ》ってくれるの？」

「うん。高山病にならないようないいものがうちにはいっぱいあるし。それに明日行くお店の予算とか、サイトでメニュー見たら見積もりもできるし、秘境《ひきょう》マップも頭に入ってたら迷《まよ》わないよ。行こ」

陽菜《はるな》は真顔で先に立って、返事も聞かずに早足で歩き出した。

「待って」

その後を追いかけた。


「ふおおお。リアルメルヘン！」

陽菜《はるな》の家は、かわいかった。

門から玄関《げんかん》までの短い小道の両脇《りょうわき》には、来客を歓迎《かんげい》するように小さな花が並《なら》んで咲《さ》いている。

ホイップクリームみたいな白い壁《かべ》に、チョコレート色のドア、足元にはクッキーっぽいレンガ。

二階三階のバルコニーはケーキみたいに丸みをおびた形で、窓《まど》に下がっているレースのカーテンは、舞踏会《ぶとうかい》のドレスのようなひだが重なっていて、建物自体がウェディングケーキみたいだ。

（お、お菓子《かし》の家って、実在《じつざい》するのか）

わたしは、うちのマンションの入り口のアーチにつるバラが植わっているのを、お城《しろ》のようだと思っていたことが、恥《は》ずかしくなった。

（あのバラはともかく、雑草《ざっそう》、生えてたし。ごみ置き場にだれかが古いカーペットを放置したままだったよな）

お菓子《かし》の家のドアが開いて、魔女《まじょ》が出てくるのかと思ったら、その家の雰囲気《ふんいき》をぎゅっと固めたような、きれいな女の人が現《あらわ》れた。

「陽菜《はるな》ちゃん、おかえりなさい。そちらが、月方《つきがた》さん？」

「ああ」

陽菜《はるな》が、ぶっきらぼうに答えた。

「まあああまあ！　すてきなお嬢《じょう》さん！　まあ、うれしい。月方《つきがた》さんのお話は、陽菜《はるな》ちゃんから聞いてますよ。お父様が有名な童話作家さんでいらっしゃるなんて、なんてすてきなの！」

女の人は、目をキラキラきらきらさせて、わたしと握手《あくしゅ》しようとした。

「ママ！　よしてよ！」

陽菜《はるな》が、わたしの前に立ちはだかって叫《さけ》んだ。

「わたしの部屋に行くから。いろいろ話すことがあるんだよ」

わたしの手をぐいっとつかんで、陽菜《はるな》が家の中に大股《おおまた》に上がった。

しかし陽菜《はるな》ママは、いっこうにひるんだ様子もなく、

「うれしいわ！　陽菜《はるな》ちゃんがお友だちを家に連れてくるなんて。それもとびきりすてきなお友だちを！　今、おいしいお菓子《かし》を用意しますからね！」

胸《むね》の前で手を組み合わせて、まだうっとりとそう言っていた。

「……お母さん、名作児童文学とか大好きなんだよ。『赤毛のアン』が特に。あたいの名前も『ダイアナ』になるとこだったんだ。かわいい漢字があてはめにくいからって、やめてくれてよかったよ」

ゆるくカーブする階段《かいだん》を上がりながら、恥《は》ずかしそうに陽菜《はるな》が言った。

(陽菜《はるな》ママのあのしゃべり方はそのせいだったのか。「とびきりすてきな」とか、日常《にちじょう》会

話で聞いたの初めてだし）

納得《なっとく》して、うなずいた。

かなりびっくりしたけど、でも、わたしのことを「とびきりすてきなお友だち」と言ってくれたのは、うれしかった。友だちのお母さんに、歓迎《かんげい》されたことも今までなかったからね。

階段《かいだん》を上がる途中《とちゅう》の壁《かべ》とか、上がったところの小さなスペースに、花の版画《はんが》や、一輪ざしの花を飾《かざ》ってあった。

「そうか。こういうのが好きな人が、『アリス・リズナ』なんだ」

「なにか、つかんだ？」

陽菜《はるな》が笑って、ろうかの奥《おく》のドアを開けた。

陽菜《はるな》の部屋は、混沌《こんとん》としていた。

汚《きたな》いわけじゃない。

掃除《そうじ》や整理整頓《せいりせいとん》もきちんとしているほうだ。

だが黒い革《かわ》ジャンとか、鋲《びょう》のついたハードなアクセサリーとか、やたら大きいコウモリ柄《がら》のメイクボックスが、バラのつぼみ柄《がら》のカーテンや、白いキルティングのベッドカバーの部屋に置いてあるのは、すごく妙《みょう》だった。

CDプレーヤーの横には、クラシックのCDの中に、ヘビメタやパンクロックが交じっている。

ゴスロリ・パンクのファッション誌《し》も勉強机《べんきょうづくえ》にきちんと、参考書といっしょに置いてあった。

さらに、演劇《えんげき》の専門誌《せんもんし》も見つけた。

(「舞台人《ぶたいじん》メイク特集」か……。それでライオンキングメイク……。陽菜《はるな》は陽菜《はるな》で、一生《いっしょう》懸命《けんめい》自習してたんだね……)

そして、わたしも明日の女子会の予習と準備《じゅんび》のために、ここにやってきたのだ。

「あーあ」

わたしは、わたしたちのまじめさに、げんなりしてしまった。

「どうしたの? ため息でっかいし」

「うん。なんかさ、かわいい女子とか不良とか、勉強してなるものなんだろうかっていう、根本的な問題に行き当たった」

「今、それ言う?」

陽菜《はるな》は部屋のドアを閉《し》めるなり、ずぼっと赤い髪《かみ》を引《ひ》き抜《ぬ》いた。

「うわっ！」

わたしはのけぞって声を上げた。

「ああー、あっつい！　汗《あせ》びっしょりだよ！」

「そ、そ、それ、ウイッグだったんだ」

「実際染《じっさいそ》めたら、校則違反《こうそくいはん》になるもん」

「いや、ウイッグも違反《いはん》でしょ？」

「校則《こうそく》ではウイッグは事情《じじょう》がある場合、違反《いはん》にならない。病気治療《ちりょう》中とか、特別な体質《たいしつ》とかで髪《かみ》が薄《うす》くなったりすることもあるでしょ？」

「斉藤《さいとう》さん、病気でも体質《たいしつ》でもないでしょ」

「お母さんがそこはうまく学校と交渉《こうしょう》してくれたみたい。ひどい貧血《ひんけつ》で、メイクも顔色が悪いのを気にして、やってますとか」

「え、じゃあその爪《つめ》も？」

「そう。爪《つめ》の色が悪くて友だちに見られたくないって言ってますってことで。かなり無理がある言《い》い訳《わけ》なんだけど、お父さんが医者だから、学校側も百パーこっちがおかしいって言えないみたい。髪《かみ》の色やメイクをもっと控《ひか》えめなものにできないかって先生に言われたりはするけど、やめなさいとは言われないね」

陽菜《はるな》がブラシで髪《かみ》をとかしながら、からから笑った。

お母さんによく似《に》た、さらさらのストレートヘアだ。

「それって、まったく不良じゃないじゃん！　校則《こうそく》を破《やぶ》り、大人に反抗《はんこう》しなくちゃ！　しかもお父さんやお母さんにも協力してもらってるし！」

「『わたしはわたし活動』は、不良になりたいわけじゃないもの。校則違反《こうそくいはん》を内申書《ないしんしょ》に書かれたら高校受験のとき、面倒《めんどう》でしょ」

しれっと、陽菜《はるな》が言った。

「え、そ、そういうこと考えてるわけ？」

「そう。大人に反抗《はんこう》してるわけじゃない。お父さんやお母さんにも。まあお母さんがメルヘン趣味《しゅみ》すぎるのは恥《は》ずかしいけど」

「そ、そうなの？　だって、お母さんのお弁当《べんとう》を見るのもいやだって言ってたから、てっきり……」

陽菜《はるな》ママの望む理想の娘《むすめ》の姿《すがた》についていけなくて、反抗《はんこう》して個性的《こせいてき》なものをさがしているのかと思っていた。

「いやじゃなくて、見ててつらいの。お母さんの理解《りかい》できない、こういうかっこうをしなくちゃいけない感じになってることがさ」

そう言われて、陽菜《はるな》の言葉を思い出した。

——お母さんのあのすみずみまでかわいい弁当《べんとう》、つらいんだよね。自分の娘《むすめ》はこんなにかわいい子のはずなんだっていう鉄のような固い意思があってさ……。

「学校ではね、あたい、どのグループに入ってるとか、だれと仲良くしてるとか、そういうのに関係ない、まったく別枠《べつわく》の人になりたいの」

メイク落とし用ウエットペーパーで、ごしごしと目の周りをふきながら、陽菜《はるな》は言った。

「……別枠《べつわく》の人……。それで一匹《ぴき》オオカミかあ。なるほど」

でも、わたしには親切じゃん。

こんなどうでもいいことに親身になってくれて、すごくいい子だし。

それにその素顔《すがお》、どういうこと？

小学生のときのままの、おとなしくて優《やさ》しい、お嬢様顔《じょうさまがお》のままだし。

っていうか、あのときよりもずいぶん、かわいくなってる。萌奈《もな》たちの間に交じっても
ぜんぜん負けてないレベル。
わたしがもし、こういう顔立ちで、こんな家の子だったら、堂々とありのままの姿《すがた》で学
校に行くけどな。
思い切りかわいい髪型《かみがた》して、お母さんの選んだカバンやハンカチを持ってね。お弁当《べんとう》の
時間もスターになれるし、話題だって上品でかわいい趣味《しゅみ》をそのまま話せばいいだけ。
なにも無理しなくても、いい。
っていうか、わたしがいくらほしくても、手に入らない全部を陽菜《はるな》は持っているという
のに、どうして「わたしはわたし活動」？
(残念だけど、ぜんぜん一匹《ぴき》オオカミに向いてないと思うな。そんなの、もうやめちゃえ
ばいいのに)
そう思ったけど、そこまでは、言うつもりはなかった。
陽菜《はるな》とは、そんな話ができるほど親しくないし。
「さあ、お弁当《べんとう》食べちゃお。それから、女子会の装備《そうび》だ！　うちにはかわいい女子の装備《そうび》
グッズがいっくらでもあるしね」

そう言って、ベッドに腰《こし》かけた陽菜《はるな》はお弁当《べんとう》――惑星《わくせい》ソラリス弁当《べんとう》――を膝《ひざ》に載《の》せて、

「いただきます」と手を合わせた。

8 ハッピーな女子会

日曜日。原宿《はらじゅく》駅前。

大勢《おおぜい》の人で駅の中も外も、にぎわっている。

さやかに念押《ねんお》しされた待ち合わせ場所に行ったら、約束の三分前だというのに、もう四人とも集まっていた。

「ご、ごめん。待った？」

声をかけたが、みんな私服《しふく》チェックに盛《も》り上《あ》がっていて、わたしが来たのも目に入らない感じだった。

「萌奈《もな》ちゃん、かわいい！」

「レース素材《そざい》っていいよね。絶対《ぜったい》きれいでかわいいもん」

「その色もかわいい！　ピンク最強」

「あれ、千夏《ちなつ》ちゃん、ミリタリー？　なんで？」

「美生《みう》ちゃんこそ、そのシャツ、どうしちゃったの？　『ジェフリー』はちょっと違《ちが》うしーとか、言ってなかった？」

「ロゴのかわいさに負けちゃったんだよう。言わないでって」

「さやかちゃんは、ますますかっこいいね。ロングシャツ似合《にあ》いすぎ。イケメン度が上がってる」

「だから、イケメンって言うなっ」

早口でお互《たが》いの服装《ふくそう》に触《ふ》れた後、あははっと、お約束ギャグで笑い合う。きっと私服《しふく》で会うときは、いつもこんな感じなんだろう。

会話の内容《ないよう》は、じいっと考えたらわかる（自習の成果）が、そのスピードについていけないわたしは、あいまいな笑《え》みを浮《う》かべていた。

萌奈《もな》は綿菓子《わたがし》みたいな淡《あわ》いピンクのワンピース。すそに白いレースがついている。それにデニム生地《きじ》の、少し大きめジャケット。

美生《みう》は紫《むらさき》のロゴ入りシャツに、デニムのショートパンツ。

千夏《ちなつ》は黄色のTシャツに紺《こん》のミニスカート、それに作業着みたいな生地《きじ》の固そうなジャケットをはおっている。

さやかは、細身のパンツに白のロングシャツ、それに短い丈《たけ》の黒いジャンパー。黒いキャップもかぶっている。

(うわあ。全員、陽菜《はるな》の予想したとおりじゃん!)

——萌奈《もな》たちは、基本《きほん》かわいいカジュアルで来ると思う。夢《ゆめ》っぽいふわっとしたパステル調のシャツかワンピースに、デニム素材《そざい》のスカートとかジャケットとかそんな感じ。萌《も》奈《な》が白やピンクを多めに使うから、美生《みう》や千夏《ちなつ》はそこ外してパープルとかイエローかな。さやかは男の子っぽいかっこうだろうし。

陽菜《はるな》の言葉を思い出して、感心した。

(みんな、雑誌《ざっし》モデルみたいに似合《にあ》ってるし、かわいいな……。こんなレベル高い四人に交じって、わたしだいじょうぶなのかな……)

不安が改めてわき上がったとき、萌奈《もな》がこっちを見た。

残りの三人も、わたしを見た。

一瞬《いっしゅん》の沈黙《ちんもく》の後、
萌奈《もな》がわたしの着ているワンピースに目を見開いて、言った。

「ああー。なに、その服！」

(うわ、ハズした⁉)

心臓《しんぞう》が跳《は》ね上《あ》がって、口から出そうだった。

(昨日《きのう》、必死で着るもの選んできたのに……、なんか違《ちが》ったのかな⁉)

「それ『ロズハウス』のじゃないの？　限定《げんてい》のイタリアン・フルーツ柄《がら》！　それ、わたしもいいなって思ってたの！　ミルクティー色ですてきだし」

「あ、あ、ええと、うん。紅茶染《こうちゃぞ》め……だったっけ」

昨日《きのう》、陽菜《はるな》のお母さんが言っていた言葉を思い出して、そう言った。

すると、美生《みう》と千夏《ちなつ》が、へえーっと感心したように声を上げた。

「ホキちゃん、てっきり『キャサリン』か『アリス・リズナ』だと思った。小さい花柄《はながら》とか」

「『ロズハウス』とは、いい意味で裏切《うらぎ》られたよね」

「めっちゃ似合《にあ》ってる。ちょっと大人っぽい」

さやかまでほめてくれたので、わたしはほっとしすぎて、涙《なみだ》が出そうになった。

「あ、ありがとう。昨日《きのう》、なに着るか、もう、すごく迷《まよ》ったの。知り合いに相談したりして……」

これは事実だ。


「月方《つきがた》さん、引《ひ》っ越《こ》してきたばかりで、荷物をまだ全部開けてなくて。明日のお出かけ服が見つからないんだって。だから陽菜《はるな》の服を貸《か》してあげようと思ってるの」

と言った陽菜《はるな》に、陽菜《はるな》ママが激《はげ》しく反応《はんのう》した。

「まあまあ、それは大変ね。引《ひ》っ越《こ》しの後って、大事なものほど見つからなくって、本当に困《こま》るわよねえ。いいわよ、いいわよ、最近陽菜《はるな》ちゃんがぜんぜん着てくれないから、お洋服がたまってるの。どれでも好きなのを着てみて」

と、どんどん服を出してきてくれたのだ。

「服がたまってる」という意味が最初わからなかったのだが、じきにわかった。

陽菜《はるな》の部屋に、次々と運ばれてくる服の量は、はんぱなかった。

フリルやレースや花柄《はながら》や小鳥柄《がら》が、牧場の干《ほ》し草《くさ》のように、どさどさと積み上がり山になった。

「……斉藤《さいとう》さんのお母さんって、ブティックでもやってるの？　タグも取ってない新しい服ばっか……。仕入れた商品とかじゃないの？」

「とにかくかわいいものを買うのが、お母さんの趣味《しゅみ》なんだよ。でも、これ、あたいが今みたいな感じじゃなくても……キツイっしょ」

「……確《たし》かに」

(このチェックのロングワンピースにフリルエプロン、花でいっぱいの麦わら帽子《ぼうし》にバスケットを持って家に帰ったら、お父さん、学芸会の衣装《いしょう》か、新しい方向性《ほうこうせい》のコスプレだと思うだろうな)

「これは？　月方《つきがた》さん、似合《にあ》いそう！　ほらお揃《そろ》いのバッグもあるの！」

「あ、お母さん。真っ白なレースなんて、汚《よご》しちゃったらいけないので、とてもじゃないけどお借りできません……」

「じゃ、これは？　胸《むね》とお袖《そで》のパールがすごくすてきでしょう！　そうだ、パールのついた靴《くつ》とバッグもあるのよ！」

「いや、その、パーティとかじゃないので、もっと気楽でカジュアルな感じの……」

目を輝《かがや》かせて、あれこれすすめてくれる陽菜《はるな》ママを断《ことわ》って、一番色が控《ひか》えめで、模様《もよう》も小さい、シャツワンピースを選んだのだ。

それは一見地味っぽく見えるけれど、フルーツの模様《もよう》が細かいところまで描《か》きこんであって、すごく好きな感じだった。

すると、陽菜《はるな》ママは、ひどく感心した。

「まああ！　それを選ぶなんて、月方《つきがた》さんは、目が高いわ！　それは紅茶染《こうちゃぞ》めなのよ。しかもそのフルーツ柄《がら》はね、食器《しょっき》の『ジレンナ』とコラボした限定《げんてい》ものなのよ！」

食器《しょっき》のなんとかとコラボとか言われても、さっぱり意味がわからなかったが、それがとてもよかったようだ。

（よ、よかった。みんなにほめてもらえた）

大きな関門を突破《とっぱ》したような気持ちで、ほーっとした。

一番気にしていた問題をクリアできたので、その後はかなり気楽に、原宿《はらじゅく》を楽しめた。

萌奈《もな》やさやかが連れて行ってくれるお店は、どこも明るく開放的で、ふつうにかわいいものをたくさん売っていた。

洋服屋さんに行ったら、服以外にもポーチやパスケースなどの小物や、文房具《ぶんぼうぐ》なんかも置いていた。

原宿《はらじゅく》の洋服屋さんなんて、おしゃれのかたまりみたいなところじゃないかと緊張《きんちょう》していたので、ピンクの消しゴムや、蛍光《けいこう》カラーのぐねぐね曲がる鉛筆《えんぴつ》を見つけたときは、かなりほっとした。

コスメのお店で、花の香《かお》りのスプレーを全種類みんなでためしたあげく、香《かお》りが混《ま》じり合《あ》って、どれがどれだかわからなくなったり。

ピンクの大きなハートの看板《かんばん》がかわいいと評判《ひょうばん》の、スイーツのお店の前で写真を撮《と》ったはいいけど、美生《みう》が半目のヘン顔になっていて爆笑《ばくしょう》したり。

気がついたらわたしは、みんなといっしょにずっと笑っていた。みんながスマホで撮《と》ってくれた写真の中のフルーツ模様《もよう》のワンピースのわたしは、ふだんよりも「かわいく」見えた。

——自分の大好きなものを一個《こ》でも身に着けたら、自然と顔が明るくなって、それだけでもう、かわいさアップだよ。

ちぇりちゃんの言葉がよみがえった。

（よかった。なんか……うまくいってる）

わたしは昨日《きのう》、陽菜《はるな》の言ったことを思い返した。

「……あのさ、萌奈《もな》たちと話がはずむ方法なんて、そんなに難《むずか》しくないよ。萌奈《もな》が言うことを、にこにこして聞いてあげる。『萌奈《もな》ちゃん、すごい』『萌奈《もな》ちゃん、かわいい』って言ってたらだいじょうぶだから。ほかの子たちもそうしてるでしょ？」

部屋中に広がった洋服を拾ってたたみながら、陽菜《はるな》が言った。

「え、でも、美生《みう》ちゃんとかみんな、自分から話して盛《も》り上《あ》がってるよ？」

「それは、萌奈《もな》が気に入りそうな話を選んでるから、盛《も》り上《あ》がってるんだよ」

「ええ？　そうなの？　でもそんなのわたし、できないよ。萌奈《もな》ちゃんの気に入りそうな話なんて、ぜんぜんわからないし。オタク話は出さないように気をつけるぐらいでさ」

「じゃあさ、萌奈《もな》に反対意見を言わないこと。なんかそれ、ヘンじゃない？と思っても笑って流すこと。それだけ気をつけたら、うまくいくよ。あ、そうそう、ほかのだれかをほめるのもよくないよ。さやか、美生《みう》、千夏《ちなつ》をほめすぎてもいけないし、芸能人《げいのうじん》とかもね。ほめていいのは、萌奈《もな》自身と萌奈《もな》がほめたものだけ」

そこまで言うか、と、正直思った。

(確《たし》かに萌奈《もな》ちゃんは、クラスの女王様みたいなとこもあるし、グループの中心だから、ついみんな萌奈《もな》ちゃんに合わせちゃうところはあるけど)

萌奈《もな》が本当にかわいくて、萌奈《もな》のほめるものがいいと思う子が多いのも事実だ。

それが陽菜《はるな》から見たら、みんなが必要以上に萌奈《もな》の機嫌《きげん》をとってるように、感じられるのかもしれない。

(陽菜《はるな》は、萌奈《もな》ちゃんのことが好きじゃないから、そんな厳《きび》しいこと言うんだろうな)

そう思ったけど、せっかく親切で言ってくれているんだと思ったから、「わかった」と返事したのだ。


「ねー、おなかすかない?」

萌奈《もな》が言った。

「もうそろそろ、それ言い出すころだと思ってたよ」

さやかが言った。

「わたしもおなかすいたー」

美生《みう》も言った。

「パンケーキ行く？」

千夏《ちなつ》が尋《たず》ねた。

「うーん、やっぱりデザートピザかなあ。ホキちゃんのワンピースのイタリアン・フルーツ柄《がら》見てたら、めっちゃフルーツのピザ食べたくなっちゃった」

萌奈《もな》がいたずらっぽく笑った。

「やっぱりな！　じゃ、『アレグロピッツァ』行くか」

さやかが先頭に立って歩き出したが、途中《とちゅう》であれっと首をかしげた。

「ここで曲がるんだっけ？　一本先だっけ？」

「どうだったかな？　ときどきお店の前は通るけど、行くのは初めてだもんね」

美生《みう》と千夏《ちなつ》が肩《かた》をすくめた。

「マップで見てみるか」

さやかがスマホを取り出した。

「もう一本先を左に曲がって、広い通りの向こうじゃないかな。神宮前店《じんぐうまえ》だよね？」

わたしが言うと、萌奈《もな》がえっと驚《おどろ》いた顔になった。

「ホキちゃん、『アレグロピッツァ』に行ったことあるの？」

「う、ううん。でも、今日行くかもって話だったから、お店のサイト、見てたんだ」

「え、場所調べておいてくれたの？　わあ！　ありがとう！」

萌奈《もな》が、わたしの手を取った。

（場所っていうより、ピザの値段《ねだん》を調べてたんだけど……）

気になっていたデザートピザは、お店自体がファミリー向けのチェーン店だったので、おしゃれカフェやイタリアンレストランのメニューほどは高くはなかった。

大きいのを取って、みんなで分けたりしたら、飲み物を頼《たの》んでもハンバーガーショップぐらいの出費ですみそうだったので、ほっとしていたのだ。

萌奈《もな》は、広い通りに出るまでの細い道を歩く間だけ、わたしと手をつないで歩いた。

萌奈《もな》の手は細くてすべすべしていて、軽く肩《かた》がぶつかったりすると萌奈《もな》の髪《かみ》からふんわり甘《あま》い香《かお》りがして、なんだかドキドキしてしまった。

（うわあ、わたしが男の子だったら、かあーっとなってひっくり返っちゃいそう）

お店はすぐに見つかった。

「前もってお店の場所を調べてて、なに気なく道案内って、すごく気が利《き》くよね」

「ホキちゃんがデートの相手だったら、いいよねえ。理想のカノジョじゃない？」

美生《みう》と千夏《ちなつ》が言った。

わたしは、照れくさいのと、うれしすぎるのとで、返事もできなかった。

バナナとマシュマロとチョコレートの載《の》ったピザは、めちゃくちゃおいしかった。

コーヒーなんて、ほとんど飲んだことがなかったけど、萌奈《もな》とさやかの真似《まね》をして、ホットコーヒーを頼《たの》んだ。

苦くて、ミルクをたくさん入れたので、

「それじゃコーヒー牛乳《ぎゅうにゅう》だよ」

と、さやかにからかわれた。

「さやかちゃん。せめてカフェオレって言って」

「しまった！　写真撮《と》る前にピザ食べちゃった！」

「えー、じゃあ、もうちょっとなんか食べる？　いちごクリームとか」

「いちご、いいね。今度は食べる前にみんなで写真撮《と》ろう」

「写真はいいけど、さやかちゃん。顔にクリームついてる」

「そういう美生《みう》ちゃんも服にチョコ飛んでるよ」

「うそー！　ホキちゃん、早く言ってよー」

ミルク入れすぎコーヒーを飲みながら、そんな会話に交じっていると、

（ああ……。ああ……。リア充《じゆう》ってすばらしい……。女子会、いいよ……）

じんわり幸福感が広がった。

（なかなかの出費だけど、もう、こんなに楽しいんだもの。いいよね、うん）

大きな窓《まど》からは、明るい日がふりそそぎ、きれいでカラフルな店内には、おしゃれで健康でハッピーそうな人たちばかり。

お店の人たちも、みんな笑顔《えがお》で親切。

食べ物もかわいくておいしい。

（これって、プチ天国かも。そうかリア充《じゆう》の生活って、リアルの中にこんな天国があるのか……）

軽く昇天《しようてん》しそうになっていたら、

「……ホキちゃんたら。ねえ！」

美生《みう》に言われて、はっとした。

「え、ええ？」

「だからー。ホキちゃんの好きなタイプは？　どういう人？」

「好きなタイプ？」

「だから男の子だって」

ぼんやりしている間に、話が「好きなタイプの男子」になっていたらしい。

「ホキちゃんは、背《せ》が高くって、ほわーんと優《やさ》しそうな人に決まってるよね？」

「そうそう、メガネのさ」

「え、違《ちが》う。政本《まさもと》くんは違《ちが》う！」

あわてて否定《ひてい》すると、

「だれも政本《まさもと》くんって言ってないし！」

「めっちゃ意識《いしき》してるじゃん！」

揃《そろ》って、きゃはははっと、笑われた。

「わたし、学校にはタイプ、いないかなあ」

ほおづえをついて、しみじみと萌奈《もな》が言った。

「中学生男子って、なんか子どもっぽいし」

「わかる、それ！」

美生《みう》が身を乗り出した。

「運動部の子たちって単純《たんじゅん》すぎで汗《あせ》っぽいし、頭いいのも、なんかめんどくさそうだし。あーあ、うちのクラス、不作!!」

千夏《ちなつ》もうなずいて、言った。

「だよね、あのオタクグループは圏外《けんがい》だしね」

ぴくりと、した。

クラスにいかにもオタクっぽいアニメ好きの男子グループがいるのは、知っていた。

「あの子たち、気持ち悪いよね。だって、現実《げんじつ》にいないマンガの中の女の子が本気で好きなんでしょ? 意味わかんない」

(いや彼《かれ》らは女の子ばかりが好きなんじゃなくて、それぞれのキャラクターに共感したり、感情移入《かんじょういにゅう》したりしてるんだよ。リスペクトしてる監督《かんとく》の作品だったら、キャラクターの言葉や行動の背景《はいけい》から、その世界観を読み取りたいし。アイドルアニメとかだったら、推《お》しキャラに対して、恋愛《れんあい》めいた気持ちをもつこともあるけど、そんな単純《たんじゅん》な「好き」じゃないんだよ)

「なんか、ずーっとアニメだか、マンガだかの話してるけど、なにを言ってるかぜんぜんわからないしさ」

（いや、それは好きの対象が同じ相手だと、詳《くわ》しい話になっていくじゃん。専門用語《せんもんようご》とか、略語《りゃくご》とか、使うしさ。仲間内の独特《どくとく》の言い方とかもできていくもんだし。萌奈《もな》ちゃんたちだって、服とかコスメとかの話、知らない人が聞いたら相当マニアックで、なに話してるかわからないレベルだよ）

心の中で、オタク男子たちを必死でフォローしてしまった。

楽しそうに、最新アニメの話題で盛《も》り上《あ》がっているオタク男子たちは、夜中までSF作品について語り合う、お父さんとその仲間たちにそっくり。

彼《かれ》らが大人になり、なにかの専門《せんもん》技術《ぎじゅつ》を習得して、お父さんみたいになり、そのうち、お母さんみたいなオタク女子と知り合って結婚《けっこん》するのだろうか……と、しみじみと感じたことがあるのだ。

「ねえ、ホキちゃんも、いやでしょ？」

美生《みう》に話を振《ふ》られてしまった。

「あ、う、うん。まあね。その、ふつうの……。ふつうの人がいいよ」

わたしが言うと、美生《みう》が大きくうなずいた。

「だよねー。ふつうにさ、なんでもそこそこできる人がいいよね」

「そうそう、めちゃくちゃおしゃれでなくても、ふつうに着るものに気を遣《つか》って、話もふつうにできてさ、顔もすっごくイケメンじゃなくても、そこそこさわやかで、勉強もスポーツもふつうよりちょっとできるぐらいの感じがいいよね」

と、千夏《ちなつ》が言い、

「だよね。目立ってすごすぎるのもついていけないしね」

萌奈《もな》がうなずいた。

「でも、身長はふつうより、ちょっと高いほうがいいな。わたしより低かったら困《こま》るし」

さやかが言い、みんな、そうだよね、と同時に言った。

初《はじ》めは、冗談《じょうだん》かと思って、だれかが笑い出すのを待った。

でもだれも笑わなくて、みんな真剣《しんけん》な目でうなずき合っている。

(なんだ、それ。どっか欠点があるだけじゃなく、一カ所でも飛びぬけて優秀《ゆうしゅう》な部分があるのもNGで、見た目だけはかなりレベル高い人って、ぜんぜんふつうじゃないじゃん！その基準《きじゅん》だったら世界中のほとんどの人が、選ばれないし！)

萌奈《もな》たちの望む、「ふつう」のハードルの高さに、頭がくらくらしてしまった。

（そ、そうか。萌奈《もな》ちゃんたちって、そういうのがふつうだって思ってるんだ!!）

わたしは、もやもやしすぎて、もう、この話題に耐《た》えられなくなった。

「あ、あのさ。実は昨日《きのう》学校でさ、びっくりしたんだ。ろうかで、ちぇりちゃんにぶつかっちゃって」

必死で話題をかえた。

「ちぇり？　だれ？」

萌奈《もな》が、眉《まゆ》をひそめて首をかしげた。

「ほらー、モデルやってる三年生の人だよ」

わたしは、萌奈《もな》がちぇりちゃんのことを知らないのを、意外に思った。

さやかも、美生《みう》も、千夏《ちなつ》も、そのときだれも口を開かなかった。

わたしはこのとき、そのことに注意をはらわなかった。

いつも、萌奈《もな》が好きな話だったら、みんな競《きそ》うようにして、いろいろ知ってることを言う。それなのになんでそんなに静かなのか。

あのときに、立ちどまって、三人の出す空気に気がつくべきだった。

わたしは、言ってしまった。

「ほら、あの、すっごくかっこよくてすてきな人！　雑誌《ざっし》にもいっぱい出てるよ。知らない？」

9 陽菜《はるな》の理由

「もう、すごくすてきだったよ。気さくに話もしてくれたし」

ちぇりちゃんのヘン顔がすごくおもしろくてかわいかったことや、おしゃれについて真《しん》剣《けん》に考えて、ちゃんとアドバイスをしてくれたことも話した。

話し終わった。

だけど、だれも、なにも言わなかった。

一番のおしゃべりで、盛《も》り上《あ》げ上手の美生《みう》ですら、「それで？」とか、「へえ！　すごいね！」すら、言わない。

みんな気まずそうに、口をつぐんでいる。

わたしたちのテーブルだけ、しいんと静まり返った。

ほかのテーブルの話し声や、子どものはしゃぐ声が、よく聞こえた。

(あれ？　みんなどうしちゃったのかな……？)

まずい話だったとは、思えない。

萌奈《もな》たちは、基本的《きほんてき》にモデルが好きだし、よくモデルの私服《しふく》をチェックしてるし、ブログも見て話題にしている。

それも顔中ピンクのパウダーをはたいて、テレビのバラエティ番組に出ているようなエンタメ系《けい》のモデルが好きじゃないのもわかっている。

人気はあるけど、モデル以外の露出《ろしゅつ》はあまりしてなくて、ナチュラルで、ふつうにかわいいモデルが好きだから、ちぇりちゃんのことも好きだと思ったのだ。

「へええ、知らなかった。ホキちゃんって、ちぇりが好きなんだ。ヘンな趣味《しゅみ》ね」

萌奈《もな》が、いかにも驚《おどろ》いたように言った。

(え!?)

ヘンな趣味《しゅみ》と言われて、どくん、と、胸《むね》が波打った。

「ヘン」という言葉が画鋲《がびょう》みたいに、ぶつんと胸《むね》に刺《さ》さる。

「ヘン……かな？」

「そうだよ。ちぇりって、ぜんぜん、かわいくないよね。ヘンな顔だし」

美生《みう》が言った。

（え、え）

「腕《うで》も長すぎてさ、ぶらーんって象の鼻みたい。スタイルバランス悪すぎ」

千夏《ちなつ》が顔をしかめた。

「モデル向きじゃないよね」

さやかもうなずいた。

（え、え、え？）

「え、でも、その、ちぇりちゃんをかわいいって思う人がすごく多いから、人気モデルなんじゃないの？　そしたら、ちぇりちゃんをかわいく思うことはヘンじゃなくて、ふつうの範疇《はんちゅう》なんじゃ……」

動揺《どうよう》して、さらに言いつのってしまった。

わたしが言い終わらないうちに、たん、とテーブルに手をついて萌奈《もな》が立ち上がった。

「帰ろうか。わたし、ホキちゃんと好みが合うかもって思ってたけど、残念」

号令をかけられたみたいに、わたし以外のみなが立ち上がった。

「帰ろう帰ろう」

萌奈《もな》がすごい早足で店を出て、歩き出した。

さやかが萌奈《もな》を追いかけて、

「もう帰るの？　『スイートキューブ』ぐらいは見て帰らない？」

と尋《たず》ねた。

「そうね。それは二人で行こうか。じゃあここで解散《かいさん》ね」

萌奈《もな》は美生《みう》と千夏《ちなつ》にそう言ったが、わたしのほうは見もしなかった。

「わかった、じゃーねー！」

「また明日！」

美生《みう》と千夏《ちなつ》が声をかけたが、萌奈《もな》とさやかはそれに答えず、さっさと道を曲がって行った。

わたしはなにが起きたのかよくわからなくて、ぼうぜんとしていた。

美生《みう》と千夏《ちなつ》は、やれやれという感じで顔を見合わせた。

「ホキちゃん、地雷踏《じらいふ》んじゃったね」

「地雷《じらい》？」

「萌奈《もな》ちゃん、ちぇりのことめっちゃ嫌《きら》いなの。だから、ちぇりの話題は絶対《ぜったい》だめ。ほめたりしたら最悪だから。って、もう遅《おそ》いか」

「ど、どうして？　だってだれでも好《す》き嫌《きら》いはあるし、人が自分の好きなものをそうじゃないってことは、ふつうにあるよね？　それなのに……」

するとと美生《みう》は、はーっと大きくため息をついた。

「よけいなことは言いたくないんだけど、ホキちゃんいい子だから教えてあげる。萌奈《もな》ちゃんさ、前はモデルになりたかったんだよ。応募《おうぼ》した雑誌《ざっし》のオーディションの最終選考で、萌奈《もな》ちゃんは落ちて、ちぇりが通ったんだよ。だから、ちぇりは、萌奈《もな》ちゃんの触《ふ》れられたくない過去《かこ》なんだよね」

「え、あ、そ、そうなんだ」

「萌奈《もな》ちゃんと仲良くしてたかったら、そこはもう気をつけたほうがいいから。でないと……」

千夏《ちなつ》が言いかけて、やめた。

言葉の続きは言わなくてもわかる。

仲間はずれになるから……、そういうことだ。

美生《みう》と千夏《ちなつ》が、親切心でそう言ってくれてるのは、わかった。

「つまり、萌奈《もな》ちゃんと、萌奈《もな》ちゃんの好きなもの以外はほめちゃいけないってこと……」

陽菜《はるな》のアドバイスを思い出して、そうつぶやいた。

そうか、陽菜《はるな》の言っていたのはこういうことだったのか。

「わかってるじゃん、よかった」

美生《みう》がほっとしたように、わたしの肩《かた》をたたいた。

「ホキちゃんとせっかく仲良くなれたしさ。このままうまくやっていきたいんだよ。ね、千夏《ちなつ》」

「そうそう。わたしたちも、ホキちゃんにいやなことしたくないし」

(いやなことしたくない……って？　なにそれ？)

「それって……、萌奈《もな》ちゃんに嫌《きら》われたら、二人はわたしになにかいやなことをしろって、萌奈《もな》ちゃんに言われるの？」

すると、美生《みう》と千夏《ちなつ》がそれには答えず、首をかしげた。

「うーん、そうしろって、はっきり命令されるわけじゃないよ」

「そうそう、萌奈《もな》ちゃん、そういうことは言わない。でも、そういうふうになる空気を作るのがうまいの。わたしたちさ、斉藤《さいとう》みたいになりたくないし」

「……それ、斉藤陽菜《さいとうはるな》のこと？」

尋《たず》ねる声が、つい大きくなった。

「斉藤《さいとう》さんは、萌奈《もな》ちゃんに嫌《きら》われて仲間はずれになったってこと？　だれともつきあいたくないから、ああいうかっこうをしてるんじゃないの？」

「斉藤《さいとう》は、二年生になって転校してきたときは、あんなふうじゃなかったんだよね。かわいいけどすごくおとなしくて、目立たないようにしてるって感じだったかな」

「わたしたちも、あいさつぐらいはしてた。ところが、斉藤《さいとう》、丘《おか》の上《うえ》女学院でいじめにあって転校してきたらしいって、萌奈《もな》ちゃんが知って」

「え、待って。前の学校で斉藤《さいとう》さん、いじめにあってたの？」

「うん。なんか、それがお母さん同士の問題に発展《はってん》しちゃって、斉藤《さいとう》のお母さんがやってたSNSが炎上《えんじょう》したらしいよ。丘《おか》の上《うえ》女学院って、お母さん同士のつながりがすごいらしいよね」

（お母さんのＳＮＳが炎上《えんじょう》……。そういえば）
――お母さん、ママさんグループにめっちゃいじわるされて、知らないアカウントから
おっそろしいコメ来たり。お母さんにＳＮＳやめさせたり、なぐさめたりするの、死ぬほ
ど大変だった。

陽菜《はるな》の言葉がよみがえった。

（そうか。あれって、陽菜《はるな》のいじめからつながったことだったのか！）

「萌奈《もな》ちゃん、友だちが丘《おか》の上《うえ》女学院にいて。モデル養成スクールかなんかで知り合った、りらちゃんって子なんだけど。そこから話を聞いてきて。『斉藤《さいとう》さんにも、いじめられる原因《げんいん》があるんじゃないかな。あの子、やりづらいんだもの。大きな声で笑っただけで、ビクっとなったりするし。だまって、じーっとこっち見てたり。言いたいことがあったらはっきり言えばいいのにね。りらちゃんたちがイライラして、あの子と話したくないって気持ち、わかるわ』って」

「え」

「それがきっかけで、みんな斉藤《さいとう》とは口きかなくなったんだよね」

「うん、別に斉藤《さいとう》にうらみはないけど、あいさつしただけでも萌奈《もな》ちゃんが『へーえ。そ

ういう態度《たいど》なの？　なら、そっちと仲良くすれば？』って空気を出すんだよね」

（それって。え、え、え）

一瞬混乱《いっしゅんこんらん》した。

つまり、陽菜《はるな》をいじめた側の子たちと、萌奈《もな》は友だちだった。

よその学校で起きたいじめの話に、萌奈《もな》は乗っかって、室町《むろまち》中学でも陽菜《はるな》いじめの空気を継続《けいぞく》した。

陽菜《はるな》が「わたしはわたし活動」を始めたのも、学校内ではだれともかかわらない「一匹《ぴき》オオカミ」「別枠《べつわく》の人」になりたいと思ったのも、それが原因《げんいん》だった？

ちりちりっと胸《むね》の中に熱い痛《いた》みが走った。

「……あのさ、斉藤《さいとう》さんにあいさつするぐらい、その人の自由でしょ。萌奈《もな》ちゃんもはっきり『斉藤《さいとう》さんを仲間はずれにしよう』って言ったわけじゃないんだったら、その空気は二人はスルーできないの？」

「わたしたちが萌奈《もな》ちゃんをスルー？　あはは」

美生《みう》が笑った。

「そんなことしたら、その日から萌奈《もな》ちゃんはほかの子をグループに入れて、その子にわたしたちを無視《むし》させるよ。で、悪口を言わせる空気を作るかな」

「萌奈《もな》ちゃんに気に入られたい子はたくさんいるし、実際《じっさい》、萌奈《もな》ちゃんグループにいたら、それだけで男子人気が上がるしね」

千夏《ちなつ》も同意した。

「そ、そのときはこっちはこっちで、別の子と仲良くしたらいいんじゃないの？」

「だれも、萌奈《もな》ちゃんを敵《てき》に回してまで、わたしたちと仲良くしようなんて思わないよ」

「それに、萌奈《もな》ちゃん先生受けもいいし、証拠《しょうこ》の残るような下手《へた》ないじめなんかしないしね」

(証拠《しょうこ》の残るような下手《へた》ないじめなんかしない。……って、そうか)

わたしは、ああ、と、目を閉《と》じた。

つまり、それは成功してるんだ。

ネットで調べたときに、室町《むろまち》中学にはいじめの話は聞かないという書《か》きこみがあった。

あれは「いじめがない」とイコールではなかったんだ。

「ね、ホキちゃん、ヘンなこと考えないでね」

美生《みう》が、わたしの肩《かた》に手を置いた。

「下手《へた》なことしたら、こっちが悪者になるよ」

「そうだよ。だれも、めんどくさがって、味方なんかしてくれないからね」

「……」

胸《むね》が詰《つ》まった。心臓《ハート》がぺちゃんこにされた気分だ。

「ホキちゃあん。はっきり言って、こういう話もめんどくさいんだよ」

「うん、空気が読めない子ってことだよ」

「……ごめん、それよく言われる」

わたしがうなだれると、美生《みう》と千夏《ちなつ》が、世慣《よな》れた顔つきで、ふっと笑った。

「自分でわかってるならいいよ」

「もう、この話は終わり。明日も、いつもの感じで楽しくいこうね」

そう言って、美生《みう》と千夏《ちなつ》は帰って行った。

わたしも帰った。

家に向かう道で、ずっとずっと陽菜《はるな》のことを考えていた。

(きっと、室町《むろまち》中学に転校したときに、陽菜《はるな》は今度こそうまくやるんだって、必死だったんだよね……。目立ちすぎないように、強いグループに目をつけられないように。でもだ

めだった）

「わたしはわたし活動」を始めたとき、どんな気持ちで、あの赤い髪《かみ》のウイッグをかぶったり、どくろの絵を爪《つめ》に描《か》いたりしたんだろう。

（教室の空気に負けないように……。萌奈《もな》ちゃんたちの出す「空気」と戦うための、モビルスーツみたいな感じだったのかな）

わたしが、ヘンジンコから脱出《だっしゅつ》して、萌奈《もな》たちとなじもうとするのを助けてくれたのも、いじめのつらさを知っているからだろう。

もしわたしが陽菜《はるな》の立場だったら。

萌奈《もな》が自分になにをしたかを言い、あんな子たちと仲良くするためにがんばらなくっていいよと、転校生に言っただろう。

萌奈《もな》の悪口を、思い切りぶつけたかもしれない。

でも、転校初日のわたしには、その事実を知ることは救いにならなかった。

かわいい萌奈《もな》に気に入られていることに舞《ま》い上《あ》がっていたから、聞いても信じなかったかもしれない。

（全部わかったうえで、女子会装備《そうび》の手伝《てつだ》いもしてくれてさ……。陽菜《はるな》って、ああ見えて、中身、大人なのかもな……）

そんなことを考えていたら、足が自然と、陽菜《はるな》の家に向かってしまった。

陽菜《はるな》がいるとは限《かぎ》らないけど、でも、お母さんがいるかもしれない。

そしたら、このワンピースをみんなにほめられたことを話して、お礼を言おう。

そう思った。

「お菓子《かし》の家」のインターフォンを押《お》すと、お母さんが出てきた。

わたしがなにか言う前に、

「まあ、月方《つきがた》さん！　来てくれたの！」

お母さんの叫《さけ》び声《ごえ》が、スピーカーから飛び出してきた。

わたしの姿《すがた》が、モニターにでもうつっているのだろう。

続けて、ワンピースがすごく似合《にあ》っていて、かわいいとほめちぎられた。

「あ、あのう、陽菜《はるな》さんは……」

お母さんがほめまくる言葉の隙間《すきま》をようやく見つけて、そう言った。

「いるわよー。今、呼《よ》んでくるわね。陽菜《はるな》ちゃゃあーん!!」

リビングの開いた窓《まど》から、階段《かいだん》を上がりながら陽菜《はるな》の名前を呼《よ》び続《つづ》けるお母さんのでっかい声が聞こえていた。

「あぁん？　ええ？　だれが？」

そのうち、二階の窓《まど》から、陽菜《はるな》の声も響《ひび》いてきた。

「え、月方《つきがた》さん⁉　ほんとに⁉　わあ！」

（……丸聞こえだよね。この家の中の会話……）

その無防備《むぼうび》な感じが、のんきで、おかしかった。

くくっと笑い出しそうになったが、こういう親子で天然なところが、いじめられた理由の一つかもしれないと思い当たって、また笑えなくなった。

10 生活のための仕事

玄関《げんかん》に飛び出してきたのは、すっぴんの陽菜《はるな》だった。

小鳥柄《がら》のロングシャツに、ボタンがレースにくるまれたカーディガン、ピンクのふちどりのシュシュで髪《かみ》をたばね、フェルトの花がついている室内履《ば》きをはいている。

本人にしたら気楽な部屋着なんだろうが、細部から「お休みの日のお嬢様《じょうさま》」感がにじみ出ている。

「月方《つきがた》さん、女子会は？」

わたしの顔を見るなり心配そうに聞いてきた。

「うん、楽しかったよ。この服もすごくほめられたし。萌奈《もな》ちゃんも、この服のこと知ってていいなって思ってたんだって」

そう言うと、陽菜《はるな》と陽菜《はるな》ママは揃《そろ》って、にっこり笑った。

「よかったあ！」

「それはよかったわ！」

「そのお礼を言おうと思って。このワンピースは洗濯《せんたく》して返すからね」

「月方《つきがた》さん、本当に似合《にあ》っていてかわいいわあ。ねえ、また楽しい集まりの予定はないの？　あれからわたし、あなたにぴったりのコーディネートを思いついたんだけど……」

そのままだとまた洋服の山を運んできそうなお母さんを、陽菜《はるな》が止めた。

「お母さん、わたしの部屋でお話しするから。行こう」

陽菜《はるな》にうながされて、わたしはようやく家に上がることができた。

陽菜《はるな》の部屋に入り、すすめられたバラ柄《がら》クッションに腰《こし》を下ろした。

「女子会、うまくいってよかったじゃん！　話、はずんだ？」

う、と、言葉に詰《つ》まった。

「そこそこ、はずんだんだけど……。ちぇりちゃんとろうかでぶつかったことを話したら、萌奈《もな》ちゃんが機嫌《きげん》悪くなっちゃって」

「え、ちぇりちゃんのこと、ほめすぎたんじゃないの？」

「それもあるけど、萌奈《もな》ちゃんが、ちぇりちゃんのこと大嫌《だいきら》いだったこと知らなくて。後で美生《みう》ちゃんと千夏《ちなつ》ちゃんに教えてもらって、びっくりしたよ」

「え、大嫌《だいきら》いなんだ！」

「うん。なんか……萌奈《もな》ちゃんってモデル志望《しぼう》だったから、ちぇりちゃんにライバル心があるみたい……。今後、萌奈《もな》ちゃんの前で、ちぇりちゃんの話はしないほうがいいって、言われた……」

「ふうん。そうだったのか。そのことを知ってたら、注意してあげたのになあ」

陽菜《はるな》が残念そうに言った。

「でも、そういうことを教えてくれたんだから、美生《みう》や千夏《ちなつ》とは、仲良くなってきてる感じだね。よかったじゃん」

「そ、そうかな？」

確《たし》かにそうかもしれないけど、その後、二人と話した内容《ないよう》を思い出すと、素直《すなお》には喜べない。

「でも、萌奈《もな》が機嫌《きげん》を悪くしてるんだったら、明日から、もっと気をつけたほうがいいかもね。朝のお弁当《べんとう》の交換《こうかん》でも、もう会わないほうがいいな」

「え？　どういうこと？」

「顔をできるだけ合わせないようにしたほうがいいってこと。お弁当《べんとう》はさ、朝もお互《たが》いの靴箱《くつばこ》に入れとけばいいんじゃない？」

「え、でも、そ、そんなの……」

「保冷剤《ほれいざい》多めに入れとけば、だいじょうぶだって」

「いや、おかずが傷《いた》むことを心配してるんじゃなくて」

「あのさ、今ここで、秘密《ひみつ》の花園でわたしと毎朝会ってるの、萌奈《もな》が知ったら、脱・ヘンジンコどころじゃないよ。萌奈《もな》に本気出されちゃまずいと思う。いいじゃん、朝も帰りも靴箱交換《くつばここうかん》って決めちゃえば、楽だし」

「……」

今は、陽菜《はるな》の言う「本気出されちゃまずい」という意味が、よくわかる。

本気を出されなくたって、明日学校に行ったら、もうすでに、わたしをうっとうしく思った萌奈《もな》が、口をきいてくれないかもしれない。

ヘンジンコ菌《きん》がうつるから、同じトイレを使わないでほしいと、女子たちに言われたことがある。体操着《たいそうぎ》を捨《す》てられたこともある。リコーダーを折られたこともある。接着剤《せっちゃくざい》をいすにぬられたこと、髪《かみ》を後ろだけ切られたこと、授業《じゅぎょう》で「変」という字が教科書に出てくるたびに、くすくす笑われたこと。その他いろいろ、盛《も》りだくさん。

思い出しただけで、氷を首筋《くびすじ》に当てられたときのように体が冷たくこわばる。

「……ごめん」

わたしは、陽菜《はるな》にあやまるしかできなかった。

情《なさ》けない。でも、今の生活をかえたくない。

たとえ萌奈《もな》が実はいやな子でも、その萌奈《もな》の顔色を見て、ご機嫌《きげん》を取るのに一生懸命《いっしょうけんめい》な毎日になっても、それでも、あの生活よりずっとましだ。

「いいって。気にすんな。それよか、月方《つきがた》さんに相談したいことがあってさ」

「わたしに相談？」

「活動の方向性《ほうこうせい》に迷《まよ》ってるんだよね。ロックやパンクファッションで外を歩くと、本物の不良の人にすっごい目で見られてめっちゃ怖《こわ》いときあるんだよね」

「ああー、よく見たら音楽やってる感じでもないし、なのに赤毛のどくろネイルだし、不良の人も『なんだ、あいつ』って気になるんだろうね」

「それで、ミュージカル俳優《はいゆう》のメイクとか取り入れたんだけど、なんかかっこよくないし。それでさ、こういうのどうかなあって思って」

陽菜《はるな》がうれしそうに取り出したのは、伝説的に有名な、美少女戦隊アニメのポスターだった。

「それ……どうしたの？」

「本屋さんに貼《は》ってあったんだけど、もう破《やぶ》れてきたし処分《しょぶん》するっていうから、もらってきたんだよ。これ、よくない？　カラフルヘアに改造制服《かいぞうせいふく》！　迫力《はくりょく》あるし、かわいいし！」

「……あのさ、それ、わたしらが生まれる前にはやってた、伝説のアニメだよ。今でも根強いファンがいて、海外でも人気で」

「え、そうなの？」

「本屋さんにそれ、あったのは、最近出た原作コミックの愛蔵版《あいぞうばん》の販促《はんそく》グッズだと思う。そのアニメのコスチュームを着たかったら、ネット通販《つうはん》でいっぱい売ってるし、コスプレ専門店《せんもんてん》でも、かなりいいのがあるよ」

「本当？　さすがその方面に詳《くわ》しいね！　聞いてよかった！」

さっそくスマホで検索《けんさく》しようとする陽菜《はるな》を止めた。

「でもさ、根本的に問題があるよ。コスプレとしては超《ちょう》メジャー路線だから、まったく珍《めずら》しくもないし、一匹《ぴき》オオカミどころか、ただのアニメ好きの子にしか見えないってこと」

「え、そうなんだ……」

陽菜《はるな》は心から驚《おどろ》いたようで、両手で大きく開いた口を押《お》さえた。

「それによく見てみ。センターのピンク髪《がみ》のツインテールの子のコスプレなんかしたら、へたしたらお母さんの好きなタイプの『かわいい』なんじゃないの？」

「あっ、本当だ！　改造制服《かいぞうせいふく》の不良っぽさがいいなって思ってたけど、よく見たらフリフリしてるし、長手袋《ながてぶくろ》だし、キラキラアクセサリーもつけてるし！　一周回ってお母さんの趣味《しゅみ》に寄《よ》っちゃってる！」

「お母さん、『陽菜《はるな》ちゃあん、かわいい！　それにパールのアクセサリーもつけたら？』って感じで、ノリノリになっちゃうかもよ」

「まあ、わたしがなんですって？」

いきなりドアが開いて、陽菜《はるな》ママが顔をのぞかせた。

手にはお茶とお菓子《かし》が載《の》った大きなお盆《ぼん》を持っている。

「あ、お母さん！」

思わず立ち上がった。

「あのー、お母さんの選ぶお洋服は本当にかわいいって、今、そのお話で盛《も》り上《あ》がってたんです」

「あら、そう？　ふふふ。かわいいものって大好きなの」

陽菜《はるな》ママは、ローテーブルの上に、貴婦人《きふじん》と子犬の絵が描《か》かれたティーカップと、ピンクのロールケーキの載《の》ったお皿を置いた。

「わたしが陽菜《はるな》ちゃんぐらいの年のときって、今みたいに手頃《てごろ》な値段《ねだん》でかわいいものってあまり売ってなかった気がするわ。それにわたし、ひどいデブだったの」

さらっと言われて、え、と耳を疑《うたが》った。

「子どもなりにいろいろ悩《なや》んでてね、食べるのをやめられなくて。サイズの合うかわいい服なんてそのころ、なかったしね」

「うそみたいです。そんなにスタイルがいいのに……」

陽菜《はるな》ママの、白いブラウスの袖《そで》からすっきりと伸《の》びた腕《うで》や、ぺたんこのおなかを見ながらそう言った。

「Mサイズの服を着られるようになったのは、陽菜《はるな》ちゃんを産んでからよ。だから今ごろになって、自分が中二女子だったら着たいなあって思うものを買っちゃうのかもね」

「ええ？　じゃあ、わたしに似合《にあ》うから買ってたんじゃなかったの!?」

陽菜《はるな》が軽く傷《きず》ついた顔で言った。

「それもあるけど、陽菜《はるな》ちゃん、着ないじゃない。月方《つきがた》さん、着たいものがあったら遠慮《えんりょ》なく言ってね！　あ、このケーキ、豆乳《とうにゅう》と和三盆《わさんぼん》使ってるの。ヘルシーだし、いっぱい食べてね」

そう言って鼻歌を歌いながら、お母さんは部屋を出て行った。

「……なんか、あぶないとこだった！　ドキドキする」

陽菜《はるな》は、とっさに隠《かく》した美少女戦隊ポスターを、おしりの下から引《ひ》っ張《ぱ》り出《だ》した。くしゃくしゃに折れ曲がってしまっている。

「あーあ。じゃあ、もうアニメの衣装《いしょう》は参考にしないほうがいいかな」

「アニメによるね。美少女戦隊ものは、小さい女の子向けだから、かわいいデザインなんだけど、大人向けのやつだったら、かなりクールなのがあるよ」

「え、そうなの？」

「観《み》てみたいんなら、うちにいくらでもブルーレイやＤＶＤがあるよ。それも特典つきボックスのがね」

「ほんと？　観《み》たい！」

「じゃあ、今度うちに来る？　それなら、斉藤《さいとう》さんの気に入るかもってのをチョイスして、どんどん観《み》せてあげるよ。どの話もけっこう長いから、コスチュームがよくわかる場面だけ再生《さいせい》したらいいか」

「うん！　うん！」

「洋服貸《か》してもらったお礼に、お菓子《かし》もごちそうするよ。って、ここのお家《うち》みたいに凝《こ》ったものは用意できないけど。庶民的《しょみんてき》な、めっちゃ濃《こ》い味のお菓子《かし》ならあるから。業務用《ぎょうむよう》スーパーで売ってるカレー揚《あ》げせんの大袋《おおぶくろ》とか。あ、串《くし》に刺《さ》さったちっさいイカ知ってる？甘辛《あまから》ーいやつ」

「知らない。どっちも見たことない」

「そう？　お父さんが異常《いじょう》にそれ好きだから、こーんなでっかいびんごと買ってるんだよ。キッチンが駄菓子屋《だがしや》みたいになってる」

「あはは、それも見たい！」

「じゃあ、来週の日曜日は？　お父さんも大きめの作品の締《し》め切《き》り済《す》んだとこだから、乾《かん》燥《そう》わかめ状態《じょうたい》から回復《かいふく》してるころだと思うし」

「なに乾燥《かんそう》わかめって！」

さんざんしゃべって、別れた。

ずいぶん笑って、好きなことを話したせいか、原宿《はらじゅく》女子会でのもやもやした気分は、かなり晴れていた。

翌日《よくじつ》、月曜日。

「おはよう」

萌奈《もな》がふつうにあいさつしてくれたので、ほーっとした。

機嫌《きげん》も特に悪くない。

「おはようホキちゃん、ねえ、英語の宿題やってきた？」

さやかが尋《たず》ねてきた。

「うん」

「お願い、ちょっと見せてくれない？　ゆうべ寝《ね》ちゃって半分しかやってないんだよね」

「いいよ。はい」

英語のノートを渡《わた》した。

「もう、ホキちゃん、さやかちゃんを甘《あま》やかしちゃだめだって」

萌奈《もな》が笑い、いつもの調子の会話が始まった。

「ホキちゃん、やっさしー！」

「ほんと、さやかちゃんも頼《たよ》りすぎ。でも、わたしにも見せて。最後の問題自信ないし」

「千夏《ちなつ》ちゃんも⁉」

美生《みう》と千夏《ちなつ》がそう言いながら、笑った。

二人は、笑いながらも「よかったね」と言いたそうな顔つきで、わたしにうなずいてみせた。

その日、わたしは、陰気《いんき》になりすぎないよう、慎重《しんちょう》に笑った。

静かになりすぎないよう、ていねいにあいづちを打った。

一番乗りでだれかをほめない。四人のだれかが、口に出したらうなずいてみせる。萌奈《もな》がほめたら、少しは自分の言葉でほめる。

だれかの悪口も同じ。

とにかく、萌奈《もな》の言うことに全部、感心してみせる。

法則《ほうそく》がわかったら、萌奈《もな》たちとのつきあいは、そう難《むずか》しくなかった。

ようは素《す》の自分の考えや感情《かんじょう》におおいをかぶせて、ルールどおりに話したり行動したりすればいいだけだ。

火曜日には、緊張《きんちょう》も解《と》け、自分にうそをついてるような罪悪感《ざいあくかん》ぽいものも、水曜には消えていた。

(仕事だと思えばなんでもないや)

実際《じっさい》、お金を稼《かせ》ぐ仕事をしたことはないけど、お父さんみたいなかわった人はともかく、ふつうの人は、自分の仕事を大好きでたまらないってことはないだろう。

たいていは生活のために、お客さんに笑顔《えがお》をふりまいたり、取引先にやたら頭を下げたり、心にもないことを言ったりしているはずだ。

わたしだって、自分の生活を守るために、おかしくもないのに笑顔《えがお》を見せたり、人のご機嫌《きげん》を取ったり、心にもないほめ言葉を並《なら》べたりしたって、いいと思う。

(なんだ、もっと早く、こうすればよかった)

思えばヘンジンコ時代のわたしは、むき出しの自分をみんなにさらしすぎていたのだ。

木曜日。放課後。

靴箱《くつばこ》の前で、突然《とつぜん》萌奈《もな》に呼《よ》び止《と》められた。

さやかも美生《みう》も千夏《ちなつ》も、なぜかその場にいなくて、萌奈《もな》と二人きりだった。

「これ、ホキちゃんにあげるわ」

萌奈《もな》が、ハンカチをくれた。

干《ほ》し柿《がき》みたいなくすんだ色だ。でも、すみっこにブランドのロゴが入っている。

「え、ええ?」

どうして、また? と言いかけて、やめた。

「本当に? こんないいもの、もらっていいの?」

「海外旅行のおみやげでもらったものなんだけど、わたしはこういう渋《しぶ》い色のもの使わないし。ホキちゃんのあの、イタリアン・フルーツ柄《がら》のワンピースに合いそうだなって思って」

萌奈《もな》が首をかしげて、にこっと笑った。

（あのワンピースのこと……、萌奈《もな》ちゃん、まだ気にしてるんだ）

ほめられて舞《ま》い上《あ》がってたけど、よく考えたら、萌奈《もな》がいいなと思ってたものを、わたしが着てきたっていうのは、実は萌奈《もな》にとってはおもしろくないことだったんだろう。

「……萌奈《もな》ちゃんは、明るくてきれいな色がすごく似合《にあ》うもんね」

正解《せいかい》をさがして、そう言った。

「わたし、顔が地味だし、華《はな》やかな色は気後《きおく》れしちゃうから……。これ、とても好きな感じ！　でも本当にいいの？」

「いいのいいの。美生《みう》たちにはないしょよ。ホキちゃんだけになんだから」

「ありがとう！　大事に使うね」

（ふう。今の答え、われながらいい仕事だよ）

わたしはハンカチを受け取り、サブバッグの奥《おく》に入れた。

「ホキちゃんって、スマホ持たないの？」

「お父さんが、中学生はガラケーでいいって」

「そう？　スマホにしたらさ、ラインもできるし、わたしたちがSNSでアップした写真もすぐに見られるのに。フェイスブックはやらないの？　ブログとか、文章上手だし、やってそう！」

「そういうの、お父さんに禁止《きんし》されてるんだ」

スマホじゃなくて、おばあちゃんが前に使っていたガラケーをもらって使っているのは、経済的《けいざいてき》理由のため。それにお父さんはわたしがフェイスブックやブログをしたって気にもしないだろう。

萌奈《もな》たちと、ネット上でも緊張《きんちょう》しながらかかわるのは、今となってはうんざりだったので、お父さんのせいにした。

「ホキちゃんのお父さんって、厳《きび》しいんだね？」

萌奈《もな》はなかなか、話をやめようとしなかった。

「そうでもないけど。まあ、作家だからかな、ガンコだしかわってるなあってよく思うよ」

「へえ、そう？　あんなにかわいいお話を書いてらっしゃるのに、意外だわ。『さらさら森のパックくん』の続編《ぞくへん》とか、出ないの？」

「うん、あのお話はもういいって言って。もっと自分の世界を大事にした話を書きたいんだって言ってってぜんぜん……」

はっとして、そこで止めた。よけいなことをしゃべりすぎた。

「ちょっと気難《きむずか》しいんだよね」

そう言って話を打ち切ったときに、さやかが現《あらわ》れた。

「萌奈《もな》ちゃん！　やっぱり萌奈《もな》ちゃんの言ったとおりだった。職員室《しょくいんしつ》で聞いたけどあの子……」

言いかけたさやかは、わたしを見て、はっと口を閉《と》じた。

「あ、れ、美生《みう》と千夏《ちなつ》は？」

さやかが尋《たず》ねた。

「先に帰ったよ。なにか二人で約束あるみたいで。で、わたしとホキちゃんでおしゃべりしてたの」

「あ、そう」

さやかはこちらを見ないで、すばやく靴《くつ》をはきかえた。

「じゃ、ホキちゃん、わたしとさやか、寄《よ》るとこあるから行くね」

萌奈《もな》が言い、二人はせかせかと早足で校庭を歩いて行った。

わたしは二人の姿《すがた》が見えなくなってから靴箱《くつばこ》を開けると、もうお弁当箱《べんとうばこ》が返ってきていた。

きょろきょろと、陽菜《はるな》の姿《すがた》をさがしたが、見当たらなかった。

なんだか、むしょうに陽菜《はるな》と話したくなった。

(萌奈《もな》ちゃんたちもみんな帰ったし、だいじょうぶだよね)

裏庭《うらにわ》に行ったけど、陽菜《はるな》はいなかった。

それでベンチに座《すわ》って、カバンの中から美少女戦隊のイラストつきメモ帳を取り出した。

お父さんに陽菜《はるな》の話をしたら、わざわざ保存用《ほぞんよう》のグッズの引き出しからそれを見つけ出してくれたのだ。

戦隊メモの一ページめに、メッセージを書いた。

――今日のお母さんのお弁当《べんとう》も最高においしかったよ。日曜日、お父さんも大歓迎《だいかんげい》だって言ってる。お昼ご飯を作ってくれるって。えぐいモンスターランチか人類が滅《ほろ》ぶＳＦラソチか二択《にたく》(笑)。
陽菜《はるな》の靴箱《くつばこ》の中に、お弁当箱《べんとうばこ》を返し、メモ帳をその上に載《の》せた。

11 悪魔《あくま》登場

そして、金曜日の朝。
(あれ?)
登校したとき、靴箱《くつばこ》の中にお弁当《べんとう》が入っていなかった。
陽菜《はるな》はわたしよりも早く登校していることが多い。
(今日はちょっと遅《おく》れたのかな)
陽菜《はるな》の靴箱《くつばこ》を開けたら、上履《うわば》きが入っていた。
やっぱりまだ来ていないようだ。
靴箱《くつばこ》に手を差しこんで、奥《おく》に、うちのお弁当《べんとう》を入れた。

授業《じゅぎょう》が始まった。

陽菜《はるな》は来ない。

(また秘密《ひみつ》の花園で勉強してるんだろうな。それか体育倉庫)

だれも知らないが、陽菜《はるな》は、一人でめっちゃ勉強している。

宿題も必ずやってきているし、サボっている授業《じゅぎょう》は特に力を入れて自習、課目によっては授業《じゅぎょう》よりも先に教科書を進めたりしている。

いい高校に行くためだ。

自分のいやすい、そしてふつうに勉強ができる高校や大学に行くために、成績《せいせき》だけは下げないようにしている。

わたしもその気持ちはわかる。

どこかに、自分の望むような世界があると思いたい。

だれにもいじめられず、こちらがいじめに加担《かたん》することなく、みんながみんなの生活や生き方に理解《りかい》があり、だれといてもそんなにストレスがなく、自分がありのままで受け入れてもらえる世界。

どこかにそういう学校があるといいけど、まあ、ないわな。

あるとしたら、天国か、だれかの妄想《もうそう》の中だね。

午前中ずっと陽菜《はるな》が教室に来ないのもよくあることなのだが、なんとなく気になった。

二時間めが終わり、次は音楽室へ移動《いどう》だった。

「ちょっとお手洗《てあら》い行ってくるね」

そう言って、靴箱《くつばこ》を見に行った。

お弁当《べんとう》は入っていなかった。

(あ、あれ？　陽菜《はるな》、ひょっとして今日、休みなのかな？)

ケータイがあればメッセージを送るか、電話をしてみるのだが、校内でのケータイ使用は禁止《きんし》されていて、朝の会で全員のケータイを先生にあずけ、終わりの会で返してもらうことになっている。

なにか、緊急《きんきゅう》の連絡《れんらく》をしなくてはいけないときは、先生に申し出て、先生の前で電話をかけることになっている。

(緊急《きんきゅう》の連絡《れんらく》ってわけでもないし……。三時間めが終わっても、お弁当《べんとう》が入っていないようだったら、陽菜《はるな》がお休みかどうか、先生に聞いてみようか)

そんなことを考えて、ろうかを歩いていたときだった。

「ホキちゃん！　ここにいた！」

ばたばた向こうから走ってきた美生《みう》が、わたしを指さした。

「教室来て！　大変なことになってるよ」

千夏《ちなつ》が手招《てまね》きした。

「大変なことって？」

「斉藤《さいとう》が、ホキちゃんのロッカーから、なにか取ろうとしたんだって、大騒《おおさわ》ぎになってる」

「ええ？　斉藤《さいとう》さんがわたしのロッカーを？　ど、どうして？」

「斉藤《さいとう》がロッカーを勝手に開けてるのをさやかちゃんが見つけて。頭つっこんで、ごそごそしてたんだって。ロッカーに鍵《かぎ》かけてなかったんでしょ！　だめじゃん」

「ホキちゃん、怒《おこ》らないから、斉藤《さいとう》に甘《あま》く見られてるんだよ」

なにがなんだかわからなかった。

教室に戻《もど》ると、さやかが腰《こし》に手を当てて、陽菜《はるな》とにらみ合っていた。

萌奈《もな》は、ちょっとはなれたところから、二人を見ている。

ろうか側の窓《まど》が開いていて、教室内の異様《いよう》な雰囲気《ふんいき》に気がついた子たちが、立ちどまって中の様子を見ている。

音楽室に向かっていたのに、引き返してきたらしい子たちが、入り口付近にたまっている。

「ホキちゃん！　すぐにロッカーの中を調べて。斉藤《さいとう》、なんか盗《と》ったかもしれないし」

わたしの顔を見るなり、さやかが言った。

「……さ、斉藤《さいとう》さんは、そんなことしないよ。わたしと自分のロッカーを、間違《まちが》えたとか……」

「斉藤《さいとう》とホキちゃんのロッカーの場所、ぜんぜん違《ちが》うし」

「ちゃんと調べたほうがいいって」

美生《みう》と千夏《ちなつ》が言った。

わたしは陽菜《はるな》をちら見した後、んん？と二度見した。

白塗《しろぬ》りを首までべったり。濃《こ》い紫《むらさき》のアイラインで目を太く囲み、やたら長いつけまつげ、口紅《くちべに》は黒、頬骨《ほおぼね》から下はグレーでぬりつぶしてある。しかもウイッグが紫《むらさき》のロングだ。

（は、破壊魔《はかいま》クイーンじゃん！）

破壊魔《はかいま》クイーンとは、美少女戦隊アニメに出てくる敵《てき》のボスキャラだ。

陽菜《はるな》なりに研究したようで、とがった紫《むらさき》のつけ爪《づめ》の先には、キラキラストーンもきれいについていて、なかなかいい仕上がりになっている。

さやかをにらんでいた陽菜《はるな》はわたしと目が合うと、つけまつげを伏《ふ》せて、なんだか申《もう》し訳《わけ》なさそうな顔をした。

「と、とにかく中を見るね……」

ロッカーを開けたら、美術《びじゅつ》の授業《じゅぎょう》で使う絵具セットといっしょに、持ち手がバラの花柄《はながら》のトートバッグが入っていた。

（あれ。これ、陽菜《はるな》の部屋にあったバッグ）

中を見てみると、お弁当《べんとう》らしき包みが入っていた。

しかし、いつものお弁当箱《べんとうばこ》ではなく、二段《にだん》重ねの重箱が、保冷剤《ほれいざい》といっしょに入っている。

そっと指先でふたをずらしてみると、ジャムをはさんだピンク色のスポンジケーキが並《なら》んでいた。ピンク色とココア色がストライプになった、クッキーも詰《つ》められている。

（そうか！　陽菜《はるな》ママが、お菓子《かし》を作ってくれたんだ！）

陽菜《はるな》の家で、出してもらったロールケーキがあまりにもおいしくて、おかわりした。

陽菜《はるな》ママはそのとき、こんな感じのお菓子《かし》でよければいくらでも作ってあげると言ってくれたのだ。

(今日のお弁当《べんとう》がでっかくて、靴箱《くつばこ》に入らなかったから、陽菜《はるな》、困《こま》ってロッカーに入れようとしたんだな……)

「なにもなくなってないよ。ほら」

わたしは、さやかたちにロッカーの扉《とびら》を開けて見せた。

「ホキちゃん、その袋《ふくろ》……ひょっとしてお弁当《べんとう》？」

美生《みう》が尋《たず》ねた。

「あ、う、うん。今日のはお菓子《かし》も入ってるから、かさばるしロッカーに入れてたんだ……」

「それでわかった。斉藤《さいとう》、またホキちゃんのお弁当《べんとう》をねらったんだよ！」

さやかが、叫《さけ》んだ。

「前もホキちゃんのお弁当《べんとう》、取り上げたじゃん。ホキちゃんがロッカーに入れるのをどっかで見てて、移動《いどう》教室で人がいなくなるのを待って、盗《ぬす》もうとしたんだよ！」

教室に集まってきていた子たちが、ざわついた。

「斉藤《さいとう》、またやったか！」

「弁当《べんとう》どろぼうだって。そんなに腹減《はらへ》ってたのかよ」

男子たちの声が聞こえてくる。

「……斉藤《さいとう》さん、なんかいつも、気持ち悪いへんなの、食べてるもんね」

女子の声も上がった。

「わたしもそれ、見たことある。裏庭《うらにわ》で黒いどろどろしたの、食べてた」

「やっぱりね。自分のお弁当《べんとう》がヘンだから、ホキちゃんのかわいいお弁当《べんとう》がほしかったんでしょ」

さやかが勝《か》ち誇《ほこ》ったように言った。

「うるせえ。この弁当《べんとう》はすっげえ作る人が工夫《くふう》してるし、うまいし、サイコーなんだよ！」

陽菜《はるな》がお父さんのお弁当《べんとう》が入った、ワームホールプリント（ＳＦマニアでないとただの黒地に浮《う》かんだパチンコ玉にしか見えない）のきんちゃく袋《ぶくろ》を守るように抱《かか》えこんだ。

わたしは、うっと胸《むね》が詰《つ》まった。

「じゃあ、なんでホキちゃんのお弁当《べんとう》を取ろうとしたの？　ホキちゃんにいじわるしたかったんじゃない？　そういうの、許《ゆる》せないいんだけど！」

さやかが、ぐうっと陽菜《はるな》をにらみつけた。

陽菜《はるな》もさやかをにらみ返した。

陽菜《はるな》の腕《うで》から垂《た》れた、きんちゃく袋《ぶくろ》の黒いひもがぷるぷると揺《ゆ》れている。

それで陽菜《はるな》がずっと震《ふる》えているのに、気がついた。

「……先生に来てもらったほうがいいんじゃない？」

ずっとだまって、わたしたちの様子をながめていた萌奈《もな》が、そんなことを言った。

「そうだね！　本当に盗《ぬす》んだかどうか、先生に調べてもらったらいいよね」

「職員室《しょくいんしつ》に行ってくる」

美生《みう》と千夏《ちなつ》が、教室を出ようとした。

（まずい！　先生にまで陽菜《はるな》がどろぼう扱《あつか》いされちゃったら！）

そんなことになったら、陽菜《はるな》は停学になるかもしれない。

自分の爪《つめ》が、手のひらにぐぐっと食いこむのがわかった。

「待って！」

叫《さけ》んで二人を引き止めた。

「ほ、本当に違《ちが》うんだって。さ、斉藤《さいとう》さんは、そのお弁当《べんとう》を、わたしに届《とど》けてくれただけなの！」

「よせよ！　そんなこと言うの！」

あわてた陽菜《はるな》が手を伸《の》ばし、わたしの口を、ふさごうとした。

「このままじゃだめだって！」

陽菜《はるな》の手を振《ふ》りはらって、叫《さけ》んだ。

「じ、実はこれは斉藤《さいとう》さんのお母さんが作ってくれたお弁当《べんとう》なの！　毎日、斉藤《さいとう》さんがわたしに届《とど》けてくれてたの！」

「はあ？」

「なにそれ？」

さやかたちが、驚《おどろ》いて目を見張《みは》った。

「うっそでしょう？」

教室内でもざわめきが起こった。

「本当だよ。斉藤《さいとう》さんのお母さんって、料理がすごく上手で、優《やさ》しくて。今日だって、わたしがお母さんの作ったロールケーキをおいしいおいしいって、何度も言ったから、みんなで食べるようにって、いっぱいお菓子《かし》を作って持たせてくれたんだって」

「……ホキちゃん、そんなに斉藤《さいとう》と仲良かったんだ？」

「毎日お弁当《べんとう》もらうって、相当だよね」

美生《みう》と千夏《ちなつ》が、信じられないといったように顔を見合わせた。

「それっておかしくない？」

さやかが、納得《なっとく》できない様子で、イライラと足踏《あしぶ》みした。

「だって、それならなんで、斉藤《さいとう》のお弁当《べんとう》がヘンなの？　斉藤《さいとう》のお弁当《べんとう》もホキちゃんのと同じぐらいかわいくないとおかしいじゃん」

（そうだよね。やっぱりそこに気がつくよね……）

わたしは、はあーっと息を吐《は》いた。

（とうとう、このときが来てしまった）

自ら変人を発表するときが。

（でも、もうしかたない。もともとわたしが「ふつうの子」のふりをしてたのがいけなかったんだから。……お弁当《べんとう》を交換《こうかん》したり、服を借りたり……こんなごまかしを卒業まで続けられるはずがなかったんだ）

陽菜《はるな》が、ぱくぱくと黒い口紅《くちべに》をぬった口を動かしている。黒い鯉《こい》のようだ。

わたしを止めたいが、なんて言っていいかわからないのだな、と思った。

(陽菜《はるな》はめっちゃいい子だよ。こんなところに追《お》いこまれても、まだかばおうとしてくれてる。それに比《くら》べわたしは、卑怯《ひきょう》だ。陽菜《はるな》の好意を踏《ふ》み台《だい》にして、クラスでのおいしい位置に立とうとしてた)

わたしは、心を決めた。

もう、どうにでもなれだ。

「陽菜《はるな》の持ってるそのお弁当《べんとう》ね。ヘンで気持ちの悪いやつ。それ、うちのお父さんが作ったやつなんだ。わたしがいやがるもんだから、陽菜《はるな》が代わりに食べてくれてたの」

あちこちから、また驚《おどろ》きの声が上がった。

「一応《いちおう》、お父さんのために説明しとく。うちのお父さんは、変人だけど、悪い人じゃないし。ええと、ちょっとお弁当貸《べんとうか》して」

陽菜《はるな》から黒いきんちゃく袋《ぶくろ》を受け取り、お弁当箱《べんとうばこ》のふたを開けた。

海苔《のり》のつくだ煮《に》で陰影《いんえい》をつけた、カイジューが現《あらわ》れた。

海ブドウのつぶつぶで描《か》かれたカイジューの模様《もよう》が、うまい。

「これ、まだわかりやすいほうかな。いつもマイナーとか古典SFとかが題材だから、たまにはメジャー作品にしてほしいって言ったから、パシリムの、ええと映画『パシフィック・リム』のカイジュー弁当《べんとう》になった」

そう言ってお弁当《べんとう》をクラスのみんなに見えるように高くかかげた。

教室のすみっこから、「おおっ」という声が三つぐらい上がった。

オタク男子グループも、いつのまにか教室に戻《もど》ってきていたのだ。

「ああ、そういえばそういうの、あの映画《えいが》に出てたね」

「でも、それをお弁当《べんとう》にするって、ありえない……」

一般《いっぱん》女子からも、そんな声が聞こえてきた。さすが大ヒットした映画《えいが》は違《ちが》う。

「なんで、こんなことに凝《こ》ってるかっていうと、うちのお父さんは童話作家が本業じゃないんだよ」

「月形早創《つきがたはやそう》先生よね」

だれかが言った。

萌奈《もな》だった。

「えっ」

わたしはのけぞった。

「も、萌奈《もな》ちゃん、知ってたの？」

「ええ。叔父《おじ》が読書家で、尋《たず》ねたらすぐ、ホキちゃんのお父さんのことを教えてくれたわ。本当にホキちゃんには悪いことをしたわね。ごめんなさいね」

あやまられる意味がわからなかった。

「わたしたちと無理してつきあってくれてたんでしょ？　つらかったんじゃない？　ホキちゃんの気持ちに気がついてあげられなくてごめんなさいね」

萌奈《もな》が、すまなそうに眉《まゆ》を下げてみせた。

「月形《つきがた》先生の作品って、すごく気味の悪い伝染病《でんせんびょう》で人がどんどん死んじゃうお話とか、ゾンビが暴《あば》れて人を襲《おそ》うとか、そういうののご専門《せんもん》よね。そういう先生が一生懸命《いっしょうけんめい》作られてるわけだから、お弁当《べんとう》がヘンでもしかたないわね……。ああ、それに、ホキちゃんのお母さんって亡《な》くなってらっしゃるのよね？」

お母さんのことをいきなり言われて、どくん！と心臓《しんぞう》が跳《は》ね上《あ》がった。

「そういうこと必死で隠《かく》して、わたしたちみたいにふつうの女の子に話を合わせてくれてるから、ホキちゃんがんばり屋さんだなあ、でも、無理してかわいそうだなあって、ずっと思ってたの」

萌奈《もな》がにこっと笑った。

(無理してかわいそう……?　ずっと思ってた……?)

萌奈《もな》の言葉が毒矢みたいに、次々胸《むね》に刺《さ》さり、痺《しび》れが広がった。

(なるほど。かわいそうだから、服をほめたり、いらないハンカチくれたりしたんだ)

「だから、いつもヘンで悪魔《あくま》みたいなかっこうをしてる斉藤《さいとう》さんと、ホキちゃんがぴったり気が合ってるのは、気がついてたの。もう、わたしたちに気を遣《つか》わないで、二人で仲良くして。さやかも、もう怒《おこ》らなくていいわよ」

すると、さやかが、ふん、とあきれたようにこちらに背中《せなか》を向けて、萌奈《もな》の横に歩いて行った。

「萌奈《もな》ちゃんがそう言うなら、もう言わないけど。なんか、ホキちゃんのために怒《おこ》ってたわたしがバカみたいじゃん」

美生《みう》と千夏《ちなつ》は、なんて言ったらいいのかわからないようで、ただ目を見張《みは》ってわたしと陽菜《はるな》を見ている。

「ホキちゃん家《ち》のこと、よくわかんないよ。そのお弁当《べんとう》もヘンだし。わざわざ、あの殺人事件《じけん》があったマンションに引《ひ》っ越《こ》してくるっていうのもヘンだし。ヘンすぎて、ぜんぜんわかんない！　不気味だよ！」

　さやかが吐《は》き捨《す》てるように言った。

（そんなことまで知ってたんだ……）

「さやかちゃん。それは言いすぎよ。そういう場所のほうが、月形《つきがた》先生のお仕事がはかどるからかもしれないし。こういう人たちには、こういう人たちなりの考えがあるのよ」

　萌奈《もな》が気の毒そうに、わたしと陽菜《はるな》を見ながら言った。

「……そうだね。斉藤《さいとう》も前の学校で友だちがいなかったし、ホキちゃんも転校前、すごく気味の悪いお化け屋敷《やしき》みたいなところで住んでるので有名で、みんなに避《さ》けられてたって先生たちが噂《うわさ》するぐらいだし。似《に》た者《もの》同士で気が合うんだろうね！」

　さやかの言葉に、引っかかった。

（先生たちが噂《うわさ》してた？）

　そして、はっと思い出した。

　昨日《きのう》、放課後、さやかが言ったあの言葉。

　――萌奈《もな》ちゃん！　やっぱり萌奈《もな》ちゃんの言ったとおりだった。職員室《しょくいんしつ》で聞いたけどあの子……。

（あの話は、わたしのことだったんだ。さやかちゃんを使って、先生たちを探《さぐ》らせたんだ。萌奈《もな》ちゃんは、初めからわたしのことヘンだって思ってて、お父さんのことも、前の学校のことも、なにかおかしなことが出てこないか、ずっと調べてたのかもしれない。陽《はる》菜《な》のことだって、ひょっとしたら、偶然丘《ぐうぜんおか》の上《うえ》女学院の友だちから聞いたんじゃなくて、初めから気に入らなくて、調査《ちょうさ》してたのかも）

萌奈《もな》の晴れ晴れとした笑顔《えがお》に、ぞうっと、背筋《せすじ》が寒くなった。

（とんでもない悪魔《あくま》じゃん！　いや、人の心を容赦《ようしゃ》なく破壊《はかい》する、本物の破壊魔《はかいま》クイーンはこっちのほうだよ！）

「……ぐぐ」

陽菜《はるな》がくちびるをぎゅーっと押《お》しつぶして、ヘンな声を漏《も》らした。

「……ごめん、月方《つきがた》さん、ごめん、ぐぐ」

陽菜《はるな》は泣いていた。

「わたしがお弁当《べんとう》をロッカーに入れたために……、いやなこと言われちゃって。ごめんなさい……」

（陽菜《はるな》）

12 シロイホノオ

わたしが、陽菜《はるな》の紫《むらさき》のアイラインが溶《と》けて、どろどろと流れ出している顔を見た瞬間《しゅんかん》、ぶっつん、となにかが切れる音が聞こえた。

それはぷつん、じゃなくて、ぶっつん！だ。

今までわたしの中のなにかが暴《あば》れ出《だ》さないように、つなぎ止めていたかなり太いものがちぎれた音だった。

「泣くな!!」

わたしは叫《さけ》んだ。

「あんたが泣くとこじゃないよ！　それにあやまるのもおかしい。悪魔《あくま》はあっちだからな！」

そう言って、萌奈《もな》の顔をまっすぐ指さした。

「悪魔《あくま》、いや、破壊魔《はかいま》クイーンは、あんただよ！」

もし昭和のアニメだったら、わたしの瞳《ひとみ》の中、あるいは背中《せなか》に真っ赤な炎《ほのお》が燃《も》えさかっていただろう。

「やだ、怖《こわ》い」

萌奈《もな》が両手を胸《むね》に重ねて、さやかの後ろに隠《かく》れた。

かばうように前に出たさやかの体を盾《たて》にして、萌奈《もな》は片目《かため》だけ出してこっちを見た。その目は、なにも怖《こわ》がっちゃいない。

ちょっとおもしろいことになったかも！　そんな、わくわくした輝《かがや》きが瞳《ひとみ》にあるのが、はっきり見て取れた。

ぼんっと、頭が発火した。

「そういうかわいい子の芝居《しばい》はやめな！　あんたみたいな根性悪《こんじょうわる》が、あたいに怒鳴《どな》られたぐらいで怖《こわ》いはずないだろ!!　あんたの見た目にだまされるやつも多いだろうけど、見るやつが見たらわかるんだよ。その真っ黒な人間性《にんげんせい》がよお！」

なぜか口調が、陽菜《はるな》仕様の不良マンガふうになってしまうのが、止められなかった。

しかし不思議なことに、この話し方をすると、自分が最強のスケバンキャラになったみたいで、あまり相手が怖《こわ》くない。

なりきるというのは、コスプレ以外のときにも有効《ゆうこう》なようだ。

「最初はわたしもだまされたよ！　かわいくて優《やさ》しい女の子だと思って、あんたにあこがれたよ！　でも、あんたのしてることってなに？　こっそり人の弱みを探《さぐ》ったり、証拠《しょうこ》も残さないように人を孤立《こりつ》させたり、暗におどしたり。たちの悪いいじめじゃん！　陽菜《はるな》がこんなかっこうをし出したのも、あんたが、陽菜《はるな》を追いこんだからじゃないか！　陽菜《はるな》は、わたしをずっと助けてくれてたんだよ！　わたしまでがひどい目にあわされないように、自分が悪者になってくれてたんだよ！　陽菜《はるな》ママが作るお弁当《べんとう》みたいに、陽菜《はるな》はラブリーな子さ。あんたと正反対だよ！」

「萌奈《もな》ちゃん、こんな子の言うこと、聞かなくていいからね」

さやかが王子様気取りで、優《やさ》しく言った。

「この子たち、萌奈《もな》ちゃんがうらやましくておかしくなっちゃったんだよ。妬《ねた》みだよ。気にしないで」

「違《ちが》ーう!!　ぜんっぜん、うらやましくなんかなーい!!」

わたしは、じだんだを踏《ふ》んだ。

「……美生《みう》ちゃん、千夏《ちなつ》ちゃん、すぐに先生を呼《よ》んできて」

萌奈《もな》が、二人に命令した。

「う、うん」

美生《みう》が返事したちょうどそのとき、四時間めが始まる、ベルの音が流れた。

「……授業《じゅぎょう》、始まるわよ」

冷静な声でそう言ったのは、メガネのクラス委員長だった。

名前は覚えてないが、いつもクラスの取りまとめをしている、「姉貴《あねき》」っぽい女子だ。

「音楽室にだれもいなかったら、先生がみんなをさがしに来る。騒《さわ》ぎが大きくならないうちにこんなことすぐにやめて、みんな、もう移動《いどう》したほうがいいんじゃない？」

その言葉に、美生《みう》と千夏《ちなつ》が、顔を見合わせた。

「萌奈《もな》ちゃん、さやかちゃん。先生なんか呼《よ》ばないで、わたしたちも音楽室に行ったほうがよくない？　もう、この子たちはほっとけばいいじゃん」

美生《みう》が言い、千夏《ちなつ》が、わたしとにらみ合っているさやかの腕《うで》をつかんで引っぱった。

「い、行こうか」

「そうだね、わたしたちには関係ないし」

入り口近くにたまっていた女子グループが、わたしに背《せ》を向けた。

「はい、終わった」

「こえーな。女子のケンカは」

男子たちも、のんきな感想を口々に言いながら、ぞろぞろ出口に向かった。

「……そうね、さやかちゃん、かばってくれてありがと。怖《こわ》かったわ」

萌奈《もな》は、さやかの背中《せなか》を撫《な》でて自分のほうに向かせた。

美生《みう》と千夏《ちなつ》も、わたしと陽菜《はるな》から目をそらし、萌奈《もな》とさやかに声をかけている。

四人はこれより、わたしと陽菜《はるな》・完全無視《むし》の態勢《たいせい》に入るつもりだ。

先生を呼《よ》ばれても困《こま》るけど、このままだと、ことはうやむやになってしまう。

せっかく声を上げたのに。

ヘンな子が、急にキレて、ワケのわからないことを言っただけで終わってしまう。

「みんな‼」

気がついたら、わたしは手をメガホンの形にして声を張《は》り上《あ》げていた。

「みんなも関係あるよ！　このままでいいの⁉」

びく、と、女子たちの肩《かた》が揺《ゆ》れて、こちらを振《ふ》り返《かえ》った。

「萌奈《もな》ちゃんが、自分は『ふつうの女の子』だって言ってるけど。あれ、ほんっとにふつうだと思う？　だったらなんで、あの子に嫌《きら》われるのが怖《こわ》いわけ？　あの子に好かれるために、機嫌《きげん》を取るのに必死なわけ？」

美生《みう》と千夏《ちなつ》の背中《せなか》が、がちん、と固まって、足が止まった。

そこで、教室をぐるっと見回した。

ほとんどクラス全員がそこにいて、いったんよそを向きかけていた、みんなの顔がまたこっちを向いていた。

教室のすみっこにいる女子たちは、息をのんでわたしを見つめていたし、オタク男子グループも真剣《しんけん》な顔で話を聞いてくれている。

(このままじゃ終われないし！)

また、ごおおっと見えない炎《ほのお》が、わたしを包むように立ち上った。

今度の炎《ほのお》は、赤くない。

風にも揺《ゆ》らがない、強くしなやかで芯《しん》の固い、白い炎《ほのお》だ。

「萌奈《もな》に言われたとおり。わたしは親もかわってて、わたしも変人です。で、そんなわたしのふつうになりたい、変人って思われて仲間はずれにされたくないって気持ちをわかってくれて、陽菜《はるな》は助けてくれた。たいして親しくもないわたしのためにね。ヘンだよって思うぐらい、お母さんも陽菜《はるな》も、めちゃめちゃいい人。でも、萌奈《もな》みたいなのが、『理想的なふつう』なんだったら、ふつうなんか、もう、どーでもいいね。どぶにたたきこんで捨《す》てる」

（どぶ、ってなんだっけ？　汚《きたな》い川のことだっけ？　まあいいけど）

言いながら、心の中で自分につっこんだ。

「みんなはどうなの？　萌奈《もな》に嫌《きら》われても世界は終わらない。世の中には、わたし以上の変人がうようよいるし、萌奈《もな》よりも悪魔《あくま》なのに、ふつうのふりしてる人も、もっといるかも。そういう人々とつきあわずに生きていくことはできないように、世の中はなっている。じゃあ、どうする？　だれともつきあわずに生きるつもりでも、生きてる限《かぎ》り必ず、人と関係をもたなきゃいけない」

（あれ？）

語りながら、首をかしげた。

初めて言うことのはずなのに、なんか、つるつるっと、油をぬったみたいに口から言葉がキレーに出てくるけど、なんで？

「人と人というのは、そういうもんだと思ったほうがいい。じゃあ、どうする？　せめて、自分の好きなことを追いかけて、気の合うやつと語り合おう！」

（あ、あ。これ、お父さんの、いつもの語りじゃん！）

気がついたけど、止められない。

自分の声で聞く、お父さんの、うんざりするぐらい何度も聞かされた語りの一言一言が、熱いお湯みたいに身にしみた。

「世の中には、びっくりするようないいやつもいる。信じられないぐらい、人と共鳴することもある。ごくたまに、そういう不思議なことが起こるんだ！　そういう不思議に出合うには……」

陽菜《はるな》と、廃墟《はいきょ》みたいな裏庭《うらにわ》で出会って、お弁当《べんとう》を交換《こうかん》して。

「お菓子《かし》の家」に行って、服の山に体ごとつっこんで似合《にあ》う服をさがして。へとへとになるまで着替《きが》えに着替《きが》えて。お母さんのお菓子《かし》を夢中《むちゅう》になって食べておかわりをねだって。

今までの「陽菜《はるな》とわたしの思い出シーンダイジェスト」が、高速で流れた。

（そうだ。陽菜《はるな》、日曜日に、うちに遊びに来る約束もしたんだ！　いっしょにおすすめアニメ観《み》て、お父さんのマニアックランチを食べるんだ！　そういう、すばらしい未来がわたしたちにはあるのだ！）

わたしは、腹《はら》の底から声を出した。

「負けず、折れず、へこまず、自分のコアを守ってこの世を生《い》き抜《ぬ》くしかないのだあああ!!」

言い切った。一回もかまなかった。

お父さんの言葉が、いつのまにか、わたしの言葉になっていた。

わたしが本当にそう思う、そう考えることに重なっていた。

シーン。

マンガだったら、背景《はいけい》に書き文字《もじ》でそう書いてある。そんな残念な教室になった。

だれも、なにも言わないし、固まっている。

（あれ、わたし、時間止めちゃった？）

白い炎《ほのお》がしゅわんと消えた。

（……やばい。みんな、どん引きだよ。これ、ヘンジンコどころじゃない。最強変人に進化したよ）

だあっと、大量の汗《あせ》が流れた。

（これで、卒業まで仲間はずれ決定。っていうか、クラス全員にいじめられるんじゃない？　ああ、でも、もういいか）

どうせ今までそうだったんだから。っていうか、いじめられてないときの学校生活って記憶《きおく》にないから。どうせヘンジンコ生活に戻《もど》るなら、思い切り言いたいことを言ってからのほうが、まだましだ。

（わが語りに悔《く》いなし……）

ぎゅっと目を閉《と》じた。

もうこれよりは……。

「荒野《こうや》に向かう道より　ほかに見えるものはなし」

孤独《こどく》がテーマの名曲「昴《すばる》」を脳内再生《のうないさいせい》して、なんとか自分を保《たも》っていると。

ぱら、ぱら、ぱら、ぱら。

かすかな音が聞こえた。

あんまり弱々しい音なので、最初はそれが手を打つ音とは気がつかなかった。

しかし、目を開けたら、オタク男子グループが、一生懸命拍手《いっしょうけんめいはくしゅ》していた。

「い、いい意見だと思う！」

「月方《つきがた》さんに賛成《さんせい》だ。だれになんと言われても、好きなものは好きだ！　そう思うよ！」

わたしは、信じられなかった。荒野《こうや》に、援軍《えんぐん》が現《あらわ》れたのだ。

わたしは、初めて彼《かれ》らの顔をちゃんと見た。萌奈《もな》たちに気持ち悪いとか圏外《けんがい》とか、さんざん言われていたけど、一人ひとり、まともな顔をしていた。

小太り・丸顔・つぶらな瞳《ひとみ》の男子が、一歩前に進み出て、こうも言った。

「ぼく、月形早創《つきがたはやそう》先生のファンだよ。あんなに人類の滅亡《めつぼう》をあたたかく描《えが》ける人はほかにいない」

「そうだよ！　先生のカイジュー弁当《べんとう》すげえ！　写真撮《と》らせて！」

細身で目も糸ようじ並《な》みに細い男子も言った。

「今度、お父様のサインください！」

声がわりの途中《とちゅう》のかすれ声で、眉太《まゆぶと》・色黒男子が目をキラキラさせて叫《さけ》んだ。

(わたしと同い年のお父さんのファン、初めて会った！)

わたしは感動のあまり、すぐに返事ができなかった。

すると、ぱち、ぱち、ぱちと、今度はかなりしっかりめの拍手《はくしゅ》が起こった。

見ると、クラス委員長、そして委員長率《ひき》いるいかにも頭よさげな、全員メガネの男女混《こん》合《ごう》グループだった。

「いい演説《えんぜつ》だったわ、月方《つきがた》さん。個人攻撃《こじんこうげき》の部分は感心しなかったけど、あなたの言葉には、人の心をつかむものがある」

委員長がそう言うと、ほかの三人のメガネたちも、大きくうなずいた。

「生徒会に入らない？　生徒会長に立候補《りっこうほ》するなら、全面的に応援《おうえん》するわよ」

「へえ？　生徒会長？」

「向いてると思う。信念のある人歓迎《かんげい》だ」

びっくりしすぎて、これまた返事ができなかった。

すると、また別の一角から拍手《はくしゅ》が起こった。

「そのときは、わたしたちも、応援《おうえん》するわ！」

ずっと、わたしの話を真剣《しんけん》に聞いていてくれた、まじめでおとなしそうな女子グループだ。

にこにこ笑って、精一杯《せいいっぱい》の拍手《はくしゅ》をくれた。

わずかな時間差で、ろうかからも拍手《はくしゅ》が起こった。

「いいぞ！」

「おもしれー！　あいつ、かわい子ぶってて気に食わなかったんだよね。どんどんやれって！」

隣《となり》のクラスの、みんな茶髪《ちゃぱつ》で、ブラウスのえりを大きく開けていて、スカート短めの「やんちゃしてます」系《けい》女子グループだ。

教室内がざわめいた。

「ちょっと、あんたたち、やめてよ！」

さやかが言い返そうとしたが、その声におおいかぶさるように、あちこちから、また新しい拍手《はくしゅ》が起こった。

ぽっちゃりした女子二人組が、意を決したように大きな拍手《はくしゅ》をくれた。

「ワケあり」な空気の、やけにお姉さんぽい「謎《なぞ》女子」二人組も、けだるげに手を打っているし、いつも一人で勉強している「勉強くん」も、参考書を置いて真顔で拍手《はくしゅ》している。

勉強くんの後ろで政本《まさもと》くんも、のどかな笑顔《えがお》でゆっくり拍手《はくしゅ》しているのが見えた。

そこにいる半分以上の者が拍手《はくしゅ》をしていると気がついて、萌奈《もな》ちゃんかわいそー、ひどくない？などと聞こえよがしに言っていた女子たちは、じりじりと後ずさりしていった。

いつも萌奈《もな》の味方をしていた男子たちも、ぽかんとした顔で、みんなの様子を見ているだけだ。こちらも、頼《たよ》りにならない。

萌奈《もな》の顔は、固くこわばっていた。

さやかになにか言われても、いっさい答えず無表情《むひょうじょう》のまま、萌奈《もな》は立ちすくんでいた。

「つ、月方《つきがた》さん……」

陽菜《はるな》は思い切り泣いていた。

「月方《つきがた》さん……。なんか、なんかわたし、感動しちゃって……」

メイクがずるずるに溶《と》けて流れているその顔の前に、わたしはハンカチを差し出した。

「顔が破壊魔《はかいま》に壊《こわ》されてる。ひどいよ。ふいたら？」

「で、でも、これ、ずいぶんいい生地《きじ》……。汚《よご》れていいの？」

「いや、こんな干《ほ》し柿《がき》色のハンカチ、ぜんぜんいらなかったんだけど、もらったからさ。しかたなく使ってるし、どうなってもいいよ。思い切りやっちゃって」

「わかった」

陽菜《はるな》は顔を、ハンカチでぬぐった。

顔の右半分だけ、素朴《そぼく》な素顔《すがお》になった。

そこで、ぴたっと陽菜《はるな》の手が止まった。

「顔全部ふきなって。なんで半分でやめるかな」

するといきなり陽菜《はるな》が、どかんと抱《だ》きついてきた。

「ありがとう。ありがとう。ごめん。でも、ありがとう！　わたしのこと、お母さんのこと、ほめてくれて、ありがとう。あんなふうに、みんなの前で言ってくれて、すごくすごく、うれしかった」

陽菜《はるな》の体は、思ったよりもふくよかで、厚《あつ》みがあった。けっこう重くてそして熱かった。

大きくのけぞったわたしは、体勢《たいせい》を立て直しながら陽菜《はるな》の背中《せなか》に腕《うで》を回し、言った。

「こっちこそ、ありがとう。いろいろ、大変な思いをさせてごめん。でも、ありがとう」

陽菜《はるな》が、ううん、ううんと首を横に振《ふ》った。

わあっと拍手《はくしゅ》が大きくなった。

なぜか、カップル誕生《たんじょう》を冷やかすような、掛《か》け声《ごえ》まで飛んできた。

陽菜《はるな》を抱《だ》いたまま、目を上げると、萌奈《もな》がわたしと目が合う寸前《すんぜん》に、さっと後ろを向いた。

そして、そのまま、教室を早足で出て行った。

萌奈《もな》の名前を呼《よ》びながら、さやかがその後を追いかけた。

美生《みう》と千夏《ちなつ》は、顔を見合わせて、教室に残った。

拍手《はくしゅ》はしなかったけど、萌奈《もな》を追いかけるのはやめたようだった。

13 それから

昼休み。

それぞれのお弁当《べんとう》を食べ終わったわたしと陽菜《はるな》は、ぼんやりと向かい合って座《すわ》っていた。

教室内はみんなのはしゃぐ声で、盛《も》り上《あ》がっている。

特に女子たちの興奮《こうふん》がすごい。

「『チョコリズム』のCM、見た？　萌奈《もな》ちゃん、めっちゃかわいくなかった⁉」

「うん！　もうかわいすぎて、まぶしかったよね‼　榊原彩未《さかきばらあやみ》と本物の姉妹に見えるし！」

男子たちもその話題に加わる。

「ああー、これで、もう、萌奈《もな》っちはおれの手の届《とど》かない人になってしまった」

「はあ？　なにそれ。あんたはもともと萌奈《もな》ちゃんに相手にされてなかったし」

「そうだよ。初めから圏外《けんがい》だったたって。それにもう、転校するらしいよ」

「えっ⁉　どこに？」

「共立《きょうりつ》学園。あそこの高校って芸能《げいのう》科があるし、中学でも芸能《げいのう》クラスみたいなのがあるみたいだよ。そっちのほうが、テレビの仕事とかで忙《いそが》しくなっても、授業《じゅぎょう》とか配慮《はいりょ》してもらえるんだって」

「うそだあー。もう、学校で萌奈《もな》ちゃんを見られないんだ！」

「最近も、忙《いそが》しいから、ほとんど来てないしね」

みんなの会話を、わたしと陽菜《はるな》はだまって聞いていた。

このところ、毎日のように学校のあちこちで聞いている話なので、特に新しい情報《じょうほう》でもない。

「もう秋も終わりだねえ」

しんみりと、言った。

「そうねー」

陽菜《はるな》は、本を開いている。

読んでいるのかいないのかわからないような、おっそいペースで、ページをめくる。

（文字やたらでっかいし、文字数少ないのに。よくそんなにゆっくり読めるなあ）

陽菜《はるな》が読んでいるのは、図書館から借りてきた『さらさら森のパックくん』だ。

ところどころページが折れていたり、端《はし》が破《やぶ》れていたり。かなり本が傷《いた》んでいる。

それに借りた子どもが落書きして、パックくんの似顔絵《にがおえ》や、鏡文字の感想らしきものがあったりする。

陽菜《はるな》はそういうところも全部じっくり見ているので、なかなかページをめくらないのだ。

まあ、陽菜《はるな》らしい読書の仕方だけどね。

わたしは、本を読みながらくすくす笑う陽菜《はるな》をながめながら、

（陽菜《はるな》、今日もおでこピカピカだな。バターぬってるみたい。うーん、晩《ばん》ご飯にじゃがいものバター焼き、リクエストしようかな）

などとくだらないことを考えている。

このところ、お昼休みはずっとこんな感じだ。

たいてい二人でいる。

わたしはあの決戦の日（萌奈《もな》vs.月方《つきがた》の「モナ月の乱《らん》」と、みんなに言われている）から、校内で注目の的《まと》になった。

同じクラスの子だけでなく、いろんな人たちに話しかけられた。

「すごい勇気だわ！　もう、月方《つきがた》さんの話にスカッとした‼」と、大興奮《だいこうふん》してほめてくれる人。

とにかくなんでもいいから、いっしょに萌奈《もな》（に代表されるようなリア充《じゅう》女子）の悪口を言いたい人。

「斉藤《さいとう》さんとの愛の深さにぐっときたわ。末永《すえなが》くお幸せに」と、よくわからない感動を伝えに来る人。

「いじめ撲滅《ぼくめつ》のためにやったのなら、君のやり方は乱暴《らんぼう》で間違《まちが》っていたと思う」と、知らない上級生から議論《ぎろん》を吹《ふ》っかけられたし、あと、文芸部からも「月形《つきがた》先生のＤＮＡを見込《みこ》んで」と原稿《げんこう》依頼《いらい》があったりもした。

ＳＮＳではだれかに、「彼女《かのじょ》にヘンジンコというあだ名を復活《ふっかつ》してあげよう！」って書かれてたらしいし（わたしはそういうの見てないけど、美生《みう》ちゃんがわざわざ教えてくれた）。

教室で一回爆発《ばくはつ》しただけで、こんな騒《さわ》ぎになるんだったら、本物の有名人って大変なんだな、と、つくづく思った。

（そういえば、ちぇりちゃんなんて、本人がぜんぜん知らないところで、萌奈《もな》みたいなのに憎《にく》まれたり、わたしや陽菜《はるな》みたいなのにあこがれられたり、大興奮《だいこうふん》されたりしてるわけだし）

だけど、すぐに時代は移《うつ》りかわる。

わたしの話題が下火になったころ。

モナ月の乱以降《らんいこう》、学校を休んでいた萌奈《もな》が、登校してきた。

髪型《かみがた》が、ゆるふわロングから、ストレートのセミロングにかわっていて、カーディガンやソックスも黒。

ずいぶん雰囲気《ふんいき》がかわって、みんなまず、そこに驚《おどろ》いた。

「萌奈《もな》ちゃん、どうしたの？　感じかわった！」

「ヘンかな？」

「ううん、かっこいい！　かわいいけど、クールな感じ！」

「うん、ちょっとお休みしてる間にいろいろあったから」

「いろいろって？」

萌奈《もな》は、さやかや美生《みう》、千夏《ちなつ》に報告《ほうこく》するていで、周囲に聞こえるような大きめの声で、前からスカウトを受けていた芸能事務所《げいのうじむしょ》に所属《しょぞく》して、タレント活動をすることに決めたと言った。

「タレント？　萌奈《もな》ちゃん、芸能人《げいのうじん》になるの!?」

「そうなの。スカウトの人が、すっごく熱心で。最初はそんな気なかったんだけど、パパとママといっしょに、事務所《じむしょ》の人の説明を聞いたのね。そしたら、芸能《げいのう》のお仕事ってきっと大変なこともたくさんあるだろうけど、今しかできないことだし、それに楽しそうだし、やってみてもいいかなあって思えてきてね。パパは最初反対していたんだけど、ママが説得してくれて」

所属《しょぞく》後に演技《えんぎ》やダンスのレッスンを受けることになるスクールの見学に行ったり、契約《けいやく》書《しょ》をかわしたり、プロのカメラマンにプロフィール用の写真を撮《と》ってもらったり。忙《いそが》しすぎて、なかなか登校できなかったと、説明した。

「オリジナリティ・プロダクション!?　すっごい大手事務所《じむしょ》じゃん！」

「じゃあ、女優《じょゆう》になるの？」

クラスは新しい話題に、大騒《おおさわ》ぎになった。

オタク男子グループや、委員長のメガネグループ、勉強くんあたりは、そこに加わらなかったが、「新生萌奈様誕生《もなさまたんじょう》！」とばかりに、また萌奈《もな》の周りに人だかりができた。

さやかなど、生き生きと萌奈《もな》の世話を焼き始め、あっという間にマネージャー気取りになった。

同時にわたしと陽菜《はるな》の周りからは、引《ひ》き潮《しお》のように人がいなくなった。

(さっすが萌奈《もな》。たくましいっていうか。なんも心配なんかしてやる必要なかったわ)

決戦の翌日《よくじつ》から、ずっと登校してこないので、わたしのしたことが原因《げんいん》で登校拒否《きょひ》になっちゃったのでは……と気にしていたのだ。

だが、あの破壊魔《はかいま》クイーンが、おとなしくひっこんでるはずがない。

一発逆転《ぎゃくてん》の切り札をここで出してきた。

わたしと陽菜《はるな》は、どう接《せっ》していいかわからず、引き気味で萌奈《もな》を見ていると、

「あら、ホキちゃんひさしぶり！　わたしもホキちゃんを見習って、自分をかえようと思って！　イメージかわっちゃったかな？」

などと、にこやかに話しかけてきた。

「あら？　後ろにいるのは、陽菜《はるな》ちゃんじゃない！　わあ。あの怖《こわ》いメイクやめたのね。

そのほうが絶対《ぜったい》かわいいよ！　みんなイメージチェンジ大成功！　かな？」

「……」

「……」

わたしと陽菜《はるな》は声も出なかった。

うっかり返事したら、後が怖《こわ》い。それに、油断《ゆだん》させておいて、なにかしかけてくるのかもしれない。

だが、萌奈《もな》は本気でキャラ変……だまっていたら、近寄《ちかよ》りがたいような美少女、ところが話したら、明るくて親しみやすくさっぱりしていて、だれにでもわけへだてなく親切で、ちょっと天然なところもある……という、いかにも多くに好かれそうなキャラにかわっていた。

オタク男子どもにも、政本《まさもと》くんにも、ぽっちゃり女子二人組にも、だれにでも笑顔《えがお》で話しかける。

さりげない仲間はずれとか、いじめをにおわすこともいっさいしない。

っていうか、さやかや美生《みう》や千夏《ちなつ》がだれかの噂話《うわさばなし》をしようものなら、

「そういうこそこそした話、やめようよー。本人の前で言えないようなことって、なん

か、ずるい気がする」

などと、(みんなに聞こえるような大声で)言い出したのにはあきれた。

(心にもないことを、あそこまで堂々と言えるって、すごいなりきり才能《さいのう》だなあ)

クラスの子たちは、すぐにそういう萌奈《もな》に慣《な》れた。

「萌奈《もな》ちゃん、なんか話しやすくなったよね」

女子たちがそう言い出し、萌奈《もな》人気はV字回復《かいふく》。

そこにチョコレートのCMに起用され、有名女優《じょゆう》の妹役で、女優《じょゆう》といっしょにチョコを食べる、それはかわいい萌奈《もな》が日本全国に流れたもんだから、今や萌奈《もな》の人気は右肩《みぎかた》上がりというわけだ。

「萌奈《もな》、転校かあ」

わたしは、つぶやいた。

芸能人《げいのうじん》になったため、急に一般人《いっぱんじん》の好感度を意識《いしき》したふるまいをしただけとはいえ、「明るく天然で、さっぱり系《けい》」萌奈《もな》は、不気味だった。

また悪だくみやいじわるしてほしい、というわけでは決してないが、萌奈《もな》っぽくない感じがして、やりにくかった。

とはいうものの、いなくなるというのもなんだか気が抜《ぬ》ける。

「萌奈《もな》ちゃんがいなくなったら、寂《さび》しい？」

陽菜《はるな》がからかうように、言った。

「そんなわけないよ！　もう、伸《の》び伸《の》びできるし！」

「今でも、かなり伸《の》び伸《の》びしてると思うけどね」

陽菜《はるな》が笑った。

「斉藤《さいとう》さん」

だれかが陽菜《はるな》に声をかけた。

「あ、五十嵐《いがらし》さん」

「新しいしおりできたけど、見る？」

「え、見たい見たい」

陽菜《はるな》は本を置いて立ち上がった。

五十嵐《いがらし》さんは、手に持っていた、手作りしおりを机《つくえ》に並《なら》べた。

どれもレース生地《きじ》をきれいに貼《は》ってある。

押《お》し花《ばな》を中に敷《し》いて、花が透《す》けて見えるよう工夫《くふう》したものもある。

陽菜《はるな》はハンドメイド部に入った。

五十嵐《いがらし》さんは部の仲間で、ときどきこうして、作ったものを見せ合っている。

「わあ、こっちのもかわいい！　レースもいいけど、オーガンジーもいいね！」

「でしょう。透《す》け感《かん》がたまらない」

そっちの会話にはさっぱり興味《きょうみ》がもてないので、今度はわたしがカバンから文庫本を取り出した。

自分の席に座《すわ》り直《なお》して、本を開いたら、

「あのさー、ちょっといい？」

政本《まさもと》くんが声をかけてきた。

「ん？　いいよ。って、あ、だめ。聞かない。どうせ文芸部の話でしょ」

わたしは警戒《けいかい》して、本で顔の下半分を隠《かく》した。

「頼《たの》むよー。部長から、なんとか入部してくれるよう説得しろって言われて困《こま》ってるんだよー」

政本《まさもと》くんが、困《こま》ったような声を出したが、顔がきりんのようにおだやかなので、困《こま》っているように見えない。

文芸部に頼《たの》まれて、お父さんの変人生活のことを短いエッセイにして渡《わた》したら、それが驚《おどろ》くほど好評《こうひょう》で、不定期連載《れんさい》になった。

そして、どうせなら文芸部に入って、部員として本格的《ほんかくてき》に活動してほしいと言われているのだ。

最初、政本《まさもと》くんを通して原稿《げんこう》依頼《いらい》があったときは、驚《おどろ》いた。

政本《まさもと》くんが文芸男子だとは、知らなかった。

教室で本を読んでるのを、見たこともなかったし。

「おれ、かさばるの苦手で、だいたい読むの、スマホでさ。電子書籍《しょせき》かＷｅｂでなんだよ。部の機関誌《きかんし》原稿《げんこう》書くのも、スマホでだし」

ということだった。

わたしのエッセイの進み具合の確認《かくにん》やら、入稿《にゅうこう》やらは政本《まさもと》くんにまかされて、今では政《まさ》本《もと》くんがわたしの担当編集者《たんとうへんしゅうしゃ》みたいになっている。

「文芸部に入部したらさ、もっと締め切《し》り厳《きび》しくなるでしょ？」

「うん、部長は『滅亡《めつぼう》世界変人生活』を定期連載《れんさい》にしてほしいって言ってるし、なんだったら文芸部サイトで、どんどん発表してもらいたいって思ってるみたいだよ」

「やっぱりー。わたしさあ、家でもお父さんの締《し》め切《き》りでけっこう気を遣《つか》ってるんだよね。自分まで締《し》め切《き》りに追われるのって、いやなんだよなあ」

「それそれ、そういうことをそのまま書いてくれたらいいんだってー」

「うまいこと言うのやめてよ。政本《まさもと》くんて、編集者《へんしゅうしゃ》に向いてるんじゃない？　あ、猪原《いのはら》くん！」

わたしは、ちょうど目の前に現《あらわ》れたオタク男子グループの先頭に、立ち上がって声をかけた。

「お父さんの新刊《しんかん》、感想ありがとう。お父さん、めっちゃ喜んでたよ」

「本当に？　うお、よかったあ！」

「今度、好きな本持ってきてよ。あずかって帰って、お父さんにサインしてもらうし」

「マジ!?　色紙ももらっていい？」

「お父さんの色紙って、不気味だけど。ヘンなイラストも描《か》くよ」

「それがいいんだよ！　お願いします!!」

「月方《つきがた》さんー。文芸部に入ってよー。で、今の会話をそのまま書いてよー」

政本《まさもと》くんがまたそう言ったとき、昼休みの終わりを告げるベルの音が、教室に鳴《な》り響《ひび》いた。

「あ、授業《じゅぎょう》が始まるし！　その話はまたね」

わたしは手を振《ふ》って、自分の席に座《すわ》り直《なお》した。

結局読めなかった文庫本を閉《と》じようとしたら、

「これ、あげる。たくさん作ったし」

隣《となり》の席から陽菜《はるな》が手を伸《の》ばして、青いチェックの布《ぬの》を貼《は》った、しおりをくれた。

水色のリボンが、穴《あな》に通してある。

「へえ！　花柄《はながら》とかピンクじゃないんだね！」

「だから、それはお母さんの趣味《しゅみ》だって。わたしは、こういう色柄《いろがら》が好きなの。それにホキに似合《にあ》うと思って」

「ありがとう。うん、この色好き」

わたしは、陽菜《はるな》のしおりをはさんでから、本を閉《と》じた。

〈作者略歴〉
令丈 ヒロ子（れいじょう　ひろこ）
1964年、大阪市生まれ。嵯峨美術短期大学卒業。1990年、講談社児童文学新人賞への応募作で独特のユーモア感覚が注目され、作家としてデビュー。成安造形大学、嵯峨美術大学客員教授。
おもな作品に、小学生女子に大人気のベストセラー「若おかみは小学生！」シリーズ、『メニメニハート』（講談社青い鳥文庫）、『パンプキン！――模擬原爆の夏』（以上、講談社）、『あたしの、ボケのお姫様。』（ポプラ社）、『ハリネズミ乙女、はじめての恋』（角川書店）、『なりたい二人』（ＰＨＰ研究所）などがある。

JASRAC許諾番号:1708949-701

かえたい二人
2017年９月４日　第１版第１刷発行

作　　者　令丈ヒロ子
発 行 者　山崎　至
発 行 所　株式会社ＰＨＰ研究所
東京本部　〒135-8137　江東区豊洲5-6-52
児童書局　出版部　☎03-3520-9635（編集）
普及部　☎03-3520-9634（販売）
京都本部　〒601-8411　京都市南区西九条北ノ内町11
PHP INTERFACE　http://www.php.co.jp/
制作協力
組　　版　株式会社ＰＨＰエディターズ・グループ
印 刷 所
製 本 所　図書印刷株式会社

ISBN978-4-569-78693-3

NDC913　223P　20cm